与太宰治度过的一天

太宰治との一日

[日]吉田庆子 主编

華中科技大學出版社
http://www.hustp.com
中国·武汉

图书在版编目（CIP）数据

与太宰治度过的一天 /（日）吉田庆子主编. -- 武汉：华中科技大学出版社
2022.5

ISBN 978-7-5680-8126-9

Ⅰ. ①与…　Ⅱ. ①吉…　Ⅲ. ①散文集—日本—近现代　Ⅳ. ①I313.64

中国版本图书馆CIP数据核字（2022）第055713号

与太宰治度过的一天
Yu Taizaizhi Duguo de Yitian
［日］吉田庆子　主

策划编辑：郭善珊
责任编辑：董　晗
封面设计：伊　宁
责任校对：阮　敏
责任监印：朱　玢
出版发行：华中科技大学出版社（中国 · 武汉）　电话：（027）81321913
武汉市东湖新技术开发区华工科技园　邮编：430223
录　　排：北京欣怡文化有限公司
印　　刷：湖北新华印务有限公司
开　　本：787mm×1092mm　1/32
印　　张：6.5
字　　数：115千字
版　　次：2022年5月第1版第1次印刷
定　　价：46.00元

目录

行云流水

坂口安吾

坂口安吾（1906—1955），日本小说家、评论家、随笔家。本名坂口炳五，生于新潟县，东洋大学文学部印度哲学科毕业。早年性格叛逆，嗜读讽刺喜剧及巴尔扎克、谷崎润一郎、爱伦·坡、波德莱尔等名家作品。1931 年他以《风博士》一文跃上文坛，作品多呈戏谑及反叛色彩。二战后发表的《堕落论》和《白痴》使他成为时代的宠儿，与太宰治、织田作之助、石川淳等被称为无赖派、新剧作派的代表。

“和尚，不得了，出大事啦！”边说边飞奔过来的是寺庙对面泡菜屋的老板娘。

“出啥事了？”

“我们家吾吉这家伙被一个女人迷住了！就是住在

寺庙后面、被打的那个姑娘。这可真太丢脸了。我也想谁能打打我家吾吉小子的。哎，就想拜托和尚您，能不能帮我好好说一下吾吉那家伙。”

“如果是那个女人，也没有不好啊。长得好看又风骚，虽然好像有点没脑子，但是这样反而更有意思，不会厌倦啊。”

“您可别这么说啊。不管怎么样，反正我是讨厌那个淫妇的。”

“为了生活也是没有办法啊。其实卖春妇、游女也没什么区别。这样的女人对吾吉来说，正合适啊。”

“您就别跟我家宿六说一样的话了！为什么男人都这样呢！女人啊，就必须品行端正。宿六那老家伙也说，卖春妇不也挺好的吗？也是为生活所迫没别的谋生之道之类的，那混账东西，都这把年纪了肯定是还想召妓，有他好看的。和尚你大概也是这么想的吧？真是，荒唐得让人无言以对。”

“所以你找我也没用。要是我的话，我会撮合他俩在一起的，你就这么想吧。罪过罪过啊！”

“什么罪过呀，你倒是适可而止啊，小爷们！无论如何，拜托您了。我让吾吉那家伙过来，把他揪到正殿那边，在佛像面前好好地教训他一下。”

就这样，和尚和吾吉有了一次谈话的机会。

“你，是不是跟后面的女子有了关系？”

“是的。不好意思。”

“已经有了夫妻之约了吧？”

“没有。其实是那女的说不想，我差点气得发狂。我在那个女人身上已花费将近三十万了。还不如干脆把那个臭女人千刀万剐了，死了算了。”

“哎呀哎呀，不要说这么骇人的话。哈哈，这么看来，你原来是花钱找女人啊。”

“是这样的。听说虽然是被打了，居然还那么可爱、天真。想的是只要付钱就可以到手的女人，试了试，果然不出所料。但有了关系之后才知道，那么冷漠，那么有情，就，昏了头。哎，实在不好意思。印在脑海里，连睡觉也没法忘记。拜托了，希望您能明察，借神明的力量撮合我们吧。”

“没想到你人傻嘴倒巧啊。什么冷漠啊，有情啊。总之我明白了，那就借助佛祖的力量撮合撮合你们吧。”

和尚是个大大咧咧的人。他因为热衷于制作米酒和下将棋，把诵经的时间缩短了四分之一，且搞得众人皆知，有了名气，但因是町内的中间人，为人热心，颇受大家的喜爱。

他们提到的那个住在寺庙后面被打的女人，其实是木匠的女儿，叫园子。战后父亲得了肺病卧病在床，园子虽然做着事务员的工作，但是单靠她一个女人，怎么也无法养活生病的父亲和弟妹。不知从何时起，她就开始做起了卖淫的行当。除了在外面跟男人乱搞，有时候她还会把男人带回家过夜。

终于，生病的父亲忍无可忍，逮住园子，推倒她后，狠狠地揍了她一顿，打着打着他竟力竭吐血而亡。园子就这样把她老爹给活生生气死了。

也许那次责打表现出来的愤怒显现了园子父亲生命终结时的激烈程度，以至于近邻都跑来围观。在看得目瞪口呆的众人面前，他用尽全力猛打园子，最终消耗了他生命最后一丝力量，断了气。

“病人会变得歇斯底里的。”通情达理的和尚在守夜时这么说，袒护着园子，“除了责打之外，没有其他方式来表达责备与内疚的亲情了。人就是这样吧，过世的人一定很想多尽些责任的。”

谁都不好再说些什么了。

“就是这样。你用你自己，为父亲延了寿挣了医药费，是个了不起的姑娘，没有什么可羞耻的。”

因为受吾吉之托，和尚去了趟园子家。园子的弟弟妹妹都上学去了，只见壁橱里有一双男人的鞋子，好像有谁藏在里面。

“没事啦，出来吧！又不是老鼠，干吗躲躲藏藏的？

有人藏在里边偷听，我也不好说话。既然有你父亲痛打你后被气死的事情发生，你带男人回家过夜也就没什么奇怪的了。”

园子低着头。和尚站起来打开壁橱，发现有个年轻小伙子蜷缩着坐在里面，也低着头。小伙子似乎终于铁了心，从壁橱里爬出来了。

“来来来，坐这儿吧。打扰你俩的好事，实在不好意思。”和尚并不介意。

“事情是这样的。我是受泡菜屋家的儿子之托来的，他好像打心里迷恋你。他说要是你愿意的话，想跟你结婚，你觉得怎么样呢？”

“我觉得我俩不合适。”

“真是个干脆利落的孩子。你觉得哪里不合适呢？”

“我既然被父亲打了，又因为这个原因害得父亲送了命，所以哪怕说我意气用事也成，我这辈子就只能做卖春妇了。我会做给大家看的！”

“这话算是近些日子我听到的有志气的话了。武士以额头伤痕为耻，这在中国被称为面子。据说还有有面子和没面子的说法，难道现今女人是靠男人来撑面子的？”

“我不懂这些事情。但是我还有弟弟妹妹要养活，没办法放弃这个行当。再加上附近的人都‘卖春妇、卖春妇'地叫我，还总是恶狠狠地盯着我，试问我怎么能嫁到那些对我不怀好意的人家去呢？"

"你说的倒是事实。这么说你不想和吾吉结婚的理由并不是因为你讨厌吾吉，只是你的意气用事，对吗？"

"才不是呢，我也讨厌吾吉。如果是真心喜欢的话，我也愿意和他在一起。正因为讨厌，所以才买东西跟他要钱的。那个人说既然在我身上都花了三十万了，我就得跟他结婚之类的让人讨厌的话，真是的！"

"原来是这样，嗯，你说的都有道理。要是做了泡菜屋的媳妇，不仅你的家人会不幸，对方也会非常不幸。贫僧已洞若观火看清一切了，你尽管做自己认为合适的事情吧。"

和尚回去之后开始劝导吾吉。

"可恶！那女人居然瞎扯！我不会饶了她的。"

"不行哦。你就是发脾气事情也没法谈妥的。那孩子是在跟挨打的事情赌气，跟你的心思不同。你就干脆点，放弃吧。"

"唉，我也不喜欢强人所难。可是，这件事情就没什么道理可讲，真是岂有此理。那混蛋！就算我不把她千刀万剐，至少也要把她的头发通通剃光。"吾吉一副苦大仇深的样子让和尚也很担心，于是和尚再去见了园子一面，告诉她要她小心点。

“唉！谢谢您的忠告。有个要出差的男人会带着我出去旅行三个星期，刚好。过了三个星期，大概那个男人也会慢慢冷静下来吧。尽说些任性的话，这种男人真的很令人讨厌。”

于是，园子将外出期间的生活费交给弟弟，就这样，不知道消失到哪里去了。

佛家有行云流水的说法。园子仿佛已经悟到云水的境界，对此，和尚深感钦佩。所谓的云水大致是指无法完全至极的精神或肉体被袈裟包裹着四处徘徊的东西。然而，园子丝毫没有这样的不明快，所有的事情都干净利落，一句话，就是不用脑子将天下所有的事情都变得行云流水了。不得不说这实在是清晰明快。任何师祖都没有呵斥她的余地。

园子仅仅十八岁。要是在普通人家，不过是个女学生，一个正在发育的小姑娘。她的身体还保留着很多未成熟的痕迹，身形微微丰满且饱含活力，光彩熠熠。

原来是那个不用脑子在行云流水啊！想到此，和尚也开始有点忌妒起来了。活到这个年纪，不是被呵斥一声就能顿悟的，和尚都需要被呵斥三十次左右才行。

“眼下这个世道，就连久米仙人也都经常迷惑失神[①]。何况我只是个凡人，才能活到现在。”就这样，和尚略略安慰自己。

不料，三四天后吾吉也行踪不明了。之后，他私自取出公司五十万元现金逃跑的事情也暴露了。调查后才发现，他以前也曾经私自挪用五十万元左右。原来这些钱都投在园子身上了。

“真是的，和尚！简直让人张口结舌说不出话了啊。居然还说着被园子拿走三十万之类的疯话，那小子，到底在瞎扯什么啊。万万没想到，他居然做贼去供养。最终和园子共谋策划失踪了，真是个蠢到家的混蛋。”

“吾吉是自暴自弃啊。不过他不可能跟园子在一起。那个孩子根本就看不上吾吉。”

“唉，还真说得出口啊！别一副什么都明白的样子。你这个小爷们啊。不过，和尚先生啊，你说我该怎么办才好啊？”

“既然不知道当事人的行踪，你在这里焦躁不安也没用啊。你也没个女人样，在这里只管不停唠叨，做事欠思忖，难怪养出一个不肖子来。”

“哟，还真是对不住了。光头，你这副装腔作势的样子真令人讨厌啊。不过，和尚先生，还是麻烦你帮我

① 传说久米仙人因看到女人大腿受色香迷惑失去神力，眼睛转溜从云上掉了下来。——译者注

卜个卦使点神力吧。抓住那臭小子后脖子，狠狠地猛踢他几下。”

泡菜屋的老板娘之所以用了猛踢等这种特别的话来表示愤慨，也是因为被警察叫去，又被蜂拥而至的报纸记者追访，心里憋着一股子气。

没想到，过了十天左右，吾吉用尽五十万元后在相模湖的山林里自缢了。据说他偷来的钱大多都输在赌博上了。

“和尚先生，真是不好意思。那家伙，好像还没有成佛，你能诵经超度他一下吗？一到夜里，他的骨灰盒就开始咯吱咯吱地叫，吵得我实在是没办法。”

“那是你心理作用吧？你大概也变得神经衰弱了。我以为唯独你不会得这个病，看来真是世事无常。”

“别把我当傻瓜，我怎么会因为那傻瓜上吊自尽就变得神经衰弱啊！就是因为和尚先生你不把经念完，那家伙才没法成佛。”

“你也是最近记性不好了。佛经这种东西，越是缩短才越有味道。我会找个空闲的时间把经追加念念的，慢慢地跟亡魂聊聊，这样总该行了吧？”

“别胡扯，小爷们儿！”

说着，泡菜屋的老板娘气冲冲地回去了，过了一个时辰左右，又一脸不高兴地回来了。

“和尚先生，真的是让人惊骇得说不出话来了，亡魂真的回来了！”

“这可真是少见哪。那亡魂都跟你说了些什么呢？”

“不是说这个，是那骨灰盒咯吱咯吱地响，特别奇怪。二十号那天，我想是不是有老鼠在里面，就打开骨灰盒看了。把骨灰都铺在报纸上翻来覆去倒腾着看，也没有发现什么特别的东西。后来，我无意间捡起牙齿，那家伙的门牙上居然写着数字！写着三十！我不识西洋字，宿六那家伙自以为读了点洋文，原来是三十！耸人听闻吧，那臭小子，无法忘掉被那个女人骗去三十万的怨恨。”

“哪个？把那颗牙齿给我看看。”

和尚仔细一看，确实有褐色模样的条纹。虽说不是不可以解读成三十，但又不是很明确的三十，不过看起来似乎不像是生前刻上去的，反倒像是写好的东西用烤墨纸显示出来的样子。

将棋狂和尚对侦探事宜也饶有兴趣，他伸出一只脚说道：“嗯，好！贫僧会查个究竟的，老板娘你也一起来吧。”

和尚去拜访了熟悉的牙医。牙医把牙齿翻转摆弄了一会儿，说道：“这个，没法确定啊。我没处理过死人的牙齿，也不好说，不过是偶然发生的事情罢了，不用多虑的。”

“死者是自缢死的。他在死前用烤墨纸写在牙齿上，烧成白骨后才变成这个样子的，难道不是吗？”

“哎，这怎么说呢。用烤墨纸在牙齿上写字这种事情闻所未闻，况且嘴里一般都是湿的，即使用烤墨纸写了也会流走消失。这只是偶然之事罢了。虽然我从未见过烧成骨灰的牙齿，但仔细看看，或许有很多这样的例子。”

“可是烤墨纸也是有可能的吧？”

“和尚先生，说什么蠢话呢。又不是小孩子，上了年纪的出家人，烤墨纸烤墨纸的，说啥呢？吾吉那家伙积累的怨恨全都显示在这里了。就是因为你念经偷工减料，事情才会这样。唉，为了个骨灰盒吵闹成这样，实在过分。”

“好了好了。那这样吧，把骨灰盒交给我。我将它摆在正殿，好好地给他念三七二十一天经。”

和尚没办法，只能接过骨灰盒，不然还得去泡菜屋给骨灰盒诵经念佛。反正把它摆在正殿，即使什么都不做，也无人知晓。

在这期间，因为园子已经从行云流水回来了，和尚就把她叫到了正殿。

“事情是这样的。在你外出期间，吾吉自缢死了。”

“听说了。被鬼神缠身了吧？这样的男人多着呢。”

"泡菜屋的老板娘没有上门骂你吗？"

"还没呢。事到如今，骂我也是无济于事，难道不是吗？"

"话虽如此，据说吾吉对花费在你身上的三十万念念不忘，骨灰盒一到半夜就咯吱咯吱地响。打开一调查，发现吾吉的门牙上显示有三十这两个字啊。就是说因为三十万没法成佛呢。这是吾吉的骨灰，你拜一下吧。可以回向[1]的。"

"我才不想拜他，这太令人讨厌了。"园子生气了。

"如果他是好好地死，我还愿意拜一下，但是带着对我的怨恨死去，真是吝啬本性。既然这样，那我还给他憎恨。自从我被父亲责打的时候开始，我就把全世界都当敌人了。吾吉的幽灵，我才不当回事儿呢。"

"真是个倔强的女人，没想到你是这样的人。"和尚拿来了骨灰盒，翻了翻里面，然后拿出了那颗门牙。

"这个这个，这里有三十吧？按贫僧推测，那家伙是因为极不甘心所以在自缢前用烤墨纸弄到门牙上去的，可泡菜屋的老板娘深信这是因为亡魂还停留在人世，所以在门牙上写下字。像他那种愚蠢的人顽固不堪，也不知道死后会做出什么样的事情。因为我念经偷工减料，那家伙，一直就这样不成佛。"

---

① 回向：将自己的善行功德回转给法界众生。——编者注

园子拿起牙齿看了看，也没有露出害怕的样子。

“好吧。反正你这么恨我，记着吧。反正也不只你一个人。接下来还有几个人，都会变成这样的。”

园子毫不畏惧地冷笑着，然后把门牙扔回骨灰盒里。

“好胆量！你有喜欢的人吗？”

“不用你操心。”

“不是操心，是想听你告诉我。现今的女性在想什么真的让人摸不着头脑，所以想向你请教请教。虽然我换过三任妻子，之前也曾经频频去过那些地方①，但是对于现在的女性真是一无所知。”

“打着我的时候断气，很卑鄙吧？吾吉也是，一样卑鄙。世上的男人都很卑鄙。对于男人，我只有憎恨，所有男人看起来都像蠢货。”

“原来这样，是这样啊！话说回来，确实男人都很愚蠢。自作孽大概说的就是这个了。不过，虽然吾吉曾经想过把你千刀万剐，但毕竟杀人不行，他心中一直怨恨着至少要把你剃成光头才甘心，你小心点还是没错的。亡魂是很固执的，出家人很清楚这件事。不说鬼魂缠你三代，但是在你这一代它还是会固执地缠着你的。”

园子只是露出了一丝冷笑，也没回答和尚的话，道了个别就回去了。

---

① 指妓院。——译者注

和尚感慨无限地凝视着骨灰盒。“男人都是蠢货”这句话，深深地触动了他。

的确男人都是凡夫俗子。绝非园子没有脑子的行云流水的境界可比。川流不息，毫无阴影，她的身躯就是纯粹不杂的身躯。所谓明镜止水，说的就是如此。

想起那乳臭未干的小孩子似乎还散发着稚嫩的气息，却充满活力的可爱的身形，和尚感到束手无策了。释迦弥勒佛定是撒了谎，说男人可以顿悟，怎么可能呢！

吾吉的亡魂滞留人世，还在门牙上留下怨恨的“三十万”，一到晚上就让骨灰盒咯吱咯吱地响，说不定是男人中的勇士。虽然未到明镜止水的境界，但是在笨蛋中也算做得不错了。和尚第一次对骨灰盒滋生柔情，但是因忙于酿酒，也没有给骨灰盒念经诵佛。

和尚拜访园子家时藏在壁橱里的那个男人，是跟园子陷得最深的笨蛋中的一个。他带着园子出差旅行了三个星期，实际上，所谓的出差只是胡诌的一个借口，他携公款潜逃，盲目地到处乱窜。也就是说，落入跟吾吉一样的境地。

回来以后，从园子口中听到吾吉自缢和骨灰盒的事情，他也感同身受自觉可悲。他自己也走投无路，离自缢就剩一步之遥了。

“吾吉和我不一样吧？你是爱我的，对吗？”

男人开始担心起来，问园子。

“你和吾吉肯定不一样啦，我是喜欢你的。”

“真的吗？”男人陷入了深思，“可是，如果我把真相都告诉你，你肯定也会讨厌我的。”

“不会的。你是我第一个喜欢上的男人。所以，别扔下我。”

男人又沉思起来。

“那么，我就下定决心说了哦。实际上除了下定决心说出来以外，已经没有其他办法了。我现在除了自杀，实在没有其他路可走了。”

“啊，说啥呢？才不会这样！”

“你是不会明白的。我现在和吾吉处于一样的状况了，你明白吗？说出差，其实只是瞎说的。我挪用了公司的钱，现在只能四处逃窜，偷来的钱也都用光了。我没有当强盗继续活下去的勇气，除了死之外已经无路可走。旅途中，我一直在寻找自尽的地方，可是最终就这样游移不定地回到了东京。只是担心你会不会跟我一起自杀，所以才活到现在。”

“我也是啊，如果你死了，我活着也没什么意义了。”

园子从来没有这样怯懦过。她不过是一个十八岁的小姑娘。突然间她感到被拖进一个从未想象过的死亡世界。瞬间她觉得男人既可悲又可爱。

或许是因为跟吾吉的境遇碰巧一致的缘故吧。十八岁，还没有世故到可以接受这个现实的年龄。反倒是园子自己产生了飞身而入的强烈愿望。

“我也不想就这样活下去。可是除了卖身以外，没有其他生存之道啊。如果你死了，那我也活不下去了。”

男人的眼泪哗啦啦地流下来。除此之外，没有其他表达方式了。他也已经苦恼到了极点。

一旦下了决心，寻死这件事情反倒使园子感觉充满了希望的活力。她让男人留在家里，自己去了梳头店，让店里人给她梳了个裂桃髻。因为这个裂桃髻是她做梦都想做的发型，却一直没能够实现。

园子准备了许多好吃的，和弟弟妹妹一起享受了最后一顿晚餐。因为害怕弄坏发型，园子连男人最后的要求也都拒绝了，枕头也没有碰，一直坐到深夜。

“仿佛对你来说，比起我和我们的爱情，那个裂桃髻更重要。”男人道出了他的怨念。

“之所以这么说，是因为你已经没有爱情了。现在，忘了其他事情，我们就只想着跟死有关的事情吧。”

“是吗？对了，你肯定是圣女。”

男人又后悔，又感激，再次哭得不能自已。然后两个人到快天亮的时候，在黑暗中顶着寒冷的晨风，并排着睡在寺庙旁边的铁路轨道上。

“我可不愿意让躯干变成两半，会好脏的！”

于是，按照事先讨论的那样，躯干到脚的部分朝着堤坝的方向，只把头放在铁路轨道上。

这时园子开始感到恐怖了。

“好冷！抱紧我！”

园子亲了一下那个男的。然后，就像男女站着亲吻时的样子，巧妙地将脸缩了回去，并不让男人察觉地将头缩回到脖子的位置上。接着，她凑近男人的脸，从上面将自己的嘴唇贴在了他的唇上。

这时候，第一班列车向他们驶来。园子停止了亲吻，装着自己也睡在铁轨上的样子将身子倒了下去，但是她的头已经离开了铁轨，只有裂桃髻架在铁轨上。

“后面的铁路上有人自杀，麻烦您来为死者祈祷一下。”

和尚被镇上的人叫醒，赶到铁路上。

死的是个男人。脑袋被漂亮地切断，躯干留在了被压过的位置，丝毫没有凌乱的迹象。

只有脑袋骨碌碌地滚了六十尺左右，就像被斩首示众的样子，在枕木上直直地立着。眼睛睁得大大的，眼珠子仿佛都要掉出来似的，仿佛是在目送碾过自己的火车，眼睛直勾勾地盯着火车开走的方向。

“很有礼貌啊！这轧断的尸体像在对碾过自己的火车问候‘辛苦了’呢。搞不好他是传统世家的年轻武士呢。”

“哎呀，”和尚盯着头颅，“啊，是那个男人！”

这不就是藏在壁橱里的那个男人吗？到头来，终于还是自杀了。园子说过“死的不会只有吾吉一个人”，她已经成功地复仇了。

“喂，这地方有女人的发髻飞到这里，是个裂桃髻，从头顶整个都被拔出来了。”

在离得远远的地方，有一个人在喊叫。

“这么一说，这里还有女人的木屐飞到这里来了呢。这么说，女人也被火车碾了？”

天总算亮了，许多人都聚集过来。这时候，找到木屐的那个男人突然狂叫起来。

“啊，找到女人的尸体了！好像是被撞飞到水沟里了。只有鼻子露在外面。咦？好像还活着。为了不沉到水里，她用手撑着身体。”

和尚赶紧冲到现场。

他猛地抓住了衣领，从水中将“尸体”一把拉了起来。是园子！园子睁开了眼睛。

“哈哈，你这是在装死啊。我可是看穿了哦！”

和尚情不自禁地大声叫了起来。

园子的头发完完整整地被拔了出来。除此之外，好像丝毫没有受伤。不知道是头发被拔出来的时候她反弹滚到水沟里的，还是因为看到有人来了，悄悄地躲在水沟里的。

然而，和尚眼前仿佛看到了一个画面。装着一起自杀，却只碾掉头发，园子的手段实在高超。如果说这是十八岁初次上阵的话，实在是令人背脊发凉。

和尚突然亢奋了起来。

“这个臭女人！你，装作一起去死的样子，杀了男人。从一开始你就根本没有打算死，你这个恶毒的女人！”

和尚把园子拽在地上，撩起了她背后的衣服。这时候她雪白的后背露了出来。

“就是它，就是它，就是这家伙！”

和尚仿佛发了疯似的，不停地打园子。巡查费了好大劲儿才把和尚拉开。

对于和尚的行为没有人感到疑惑。大家都认为，和尚只不过是代替园子死去的父亲来责打她而已。

然而，和尚或许有个思想斗争吧，正因为如此，和尚没有完全得到解脱。

从结论来说，只是吾吉的亡魂实现了曾经许下的夙愿，成功地让园子变成了光头。

头发过一年还是会长出来的，完全不用园子担心。然后，她也想清楚了，从此以后再也不搞什么殉情自杀了，下决心彻彻底底地好好地折磨那些愚蠢的男人。

摘自《坂口安吾全集第八卷》

筑摩书房

1998 年 9 月

译者　林冰莹

直到临终

梶井久

梶井久（1870—1946），小说家梶井基次郎的母亲。她留下的文章中有护理基次郎的日记和最后守候儿子去世的记录。

他常年和病魔缠斗，为了战胜病痛殚精竭虑，我也和他共同努力，只为打败宿疾，但最终病魔还是夺走了他的生命。

这是今年二月十六日的事。他的身体状况似乎和平常不太一样，出热的时间改变了，也没咳痰，除此之外，只说呼吸困难，见状我火速将医生找来。医生诊断说这是心脏囊炎，起因是心脏外面的囊出了问题所引发的症状。医师说如果用冰块来冷却患部一星期的话，症状应该会有所改善，因此我昼夜不停、不敢怠慢地执行医生的指令。

那时他大约睡到上午才醒，我让他躺着帮他清洁手部，然后吃早饭。早餐大概是牛奶一盒加上四分之一斤面包的量，他会在面包上涂抹大量的奶油来享用，然后是汤、蛋黄三个和甘油球。午饭是粥配上生鱼片以及菠菜之类的食物。下午四点吃点水果，偶尔也会希望能尝尝骏河屋的夜梅或风月堂的栗馒头。因为早餐吃得晚，晚餐也延至晚上十一点左右进食。那时我会在燕麦或乌龙面的汤汁里拌进蛋黄，并将乌龙面的长度控制在一寸左右，方便他进食。

他的食量和常人并无两样，连医生都说："你竟然吃得比我还多啊。"在给心脏降温的二十天里，他的病情时好时坏无法掌握，但之后状况开始渐渐好转，终于不需要降温了。他有时会写三四封信，阅读一些轻松的读物。

他的耳朵非常敏锐，只要一听到信件或报纸号外的声音，立即就要人帮他取来，就算是听到广告宣传传来的声音，他也会说那是信件，一副迫不及待地等待着朋友来信的样子。因为他如此敏感，家里几乎没有什么秘密可言，因此我打算到医生的住处去询问病情。做这件事需要下决心，若是医生说他的症状已是病入膏肓的话，我该如何是好呢？尽管如此，无论如何我觉得还是需要弄清楚现在的状况。我毅然走向诊察室。听医生说，若他的脚还没有水肿的话，那就没有问题；但若是脚部出现了水肿症状的话，恐怕就来日无多了。其实医生也一直想找个机会观察他的脚部，但又怕他起疑心。当听到医生说要不了多久自然就会出现水肿时，我仿佛被推下断崖绝壁般难受。看来是我必须做好心理准备的时候了。真是束手无策啊，我现在唯一能做的就是满足他所有的愿望，照顾他，让他不留下丝毫遗憾。

从那时候开始，他说对目前每天的食物内容有点腻了，奶油也好，生鱼片也好，连肉类和菠菜都提不起兴致，他希望我能在菜色上做点改变。我给他上了一些时令的蔬菜，他倒是高兴了一下，但欢喜的情绪持续不了两天。我和他说不然你告诉我你想吃什么好了，结果他竟提一些像西瓜的奈良渍或醋茎等不易消化的食物。我让他尝点放入六种食材的鱼粥，但他说："这个恐怕吃不了，咀嚼太费力了，今后请给我吃一些流质食物。"此后他就只吃流质食物。

三月十七日早晨，我醒来发现他的脸肿成平常的两倍大，虽然大吃一惊却装出一副不知情的样子。他对我说："妈，我的脸和手都肿成这样了，眼睛有点睁不开，可以帮我把镜子拿过来吗？"可我实在不忍心让他在这种情况下照镜子，就跟他说还是不看的好。如是平常，他可不是那种简简单单地说"这样啊"就作罢的人，不想那时他却温柔地只说："那就算了吧。"居然很干脆地就放弃了。

到了十八日，水肿的情形越发严重，还不时出现全身发冷的症状，之后呼吸困难的情况也逐渐明显，从那天起他开始氧气的补给。他有时会说："帮我问问看是不是该吞点利尿剂什么的，民间疗法的药也行。"我去和医生商量，医生说他的病是由于心脏和肾脏之间的循环发生了问题，因此就算吞了药剂也不能形成尿液，只会水肿而已。且一天之内服用三、四剂以上的药对身体也不好，不妨在他的药水中掺入利尿剂看看。之后也做过两回尿检，发现他尿液中的蛋白质极少。我在药中掺了利尿剂，他脸和手上的水肿有渐渐消去的倾向，但脚开始肿了起来。每次医生来问诊时他都提出很多疑问。

"医生，你说气候暖和起来后就会好起来了，是真的吗？我的脚肿成这样是不是已经没救了？"

"不不，没有这回事。气候就要开始变暖了，就会好起来的，尽可能地安心休息就是。"

这样的对话几乎每天上演。有时候医生看着病人实在太痛苦，就给他注射一下，不久后心脏又开始需要冷却。

那时他开始嚷嚷着要把哥哥姐姐们找来，我告诉他这两个人平常都很忙，他虽然知道，但还是希望我能帮他把弟弟们叫过来。我问他说为什么要把兄弟姊妹们找来，和妈妈两个人待在一起不好吗？他说："不是的，因为我很寂寞，要不把冰山家的伯母叫来也好。"我和他说："伯母也有家人，现在是做饭的时间，正忙着呢。"但看到他一副穷极无聊的样子还是把弟弟们找来了。

弟弟们来了之后，他分别握着两位弟弟的手，看起来似乎很安心的样子。但因为小弟心里牵挂着京都大学入学考试结果揭晓而显得心浮气躁，二弟也忙于工作，两人都没有待多久就回去了。

二十号天色刚暗下来没多久，一阵慌张的喀啦喀啦的木屐声传了过来，他耳尖，一听到声响马上就脱口说："是良吉，考试结果不错吧。"接着就听到入口处的门唰地打开，弟弟说着："妈，我考上了！"就到厨房里号哭了起来。那时候病人终于露出了久违的笑容说："小良，干得好！"

那天深夜护士来了，她直接走到病人身旁测量脉搏和体温，接着又喋喋不休毫不修饰地和病人说明病情。那时他的脉搏超过了一百三十，时而出现心律不齐，呼吸每分钟为四十次。见此，他和护士说："护士小姐你是不是搞错了，老妈帮我量一下脉搏。"并伸出手来。我握着他的手对刚才的数字做了修正，说："啊，脉搏是一百一十，呼吸次数三十二。"平常我为了减轻病人的痛苦，从来都没有据实以告。他信了我的，并对护士说："你看，搞错了吧。"见此，护士露出一副不可置信的表情。这种情形下，我虽然想和护士说明，但不可能两个人同时离开病人的视线，就算小声交谈，也肯定逃不过他的耳朵。

那天晚上护士彻夜不眠地照顾他。我小睡了一小时，但看到氧气不够了，又出门去买。到了天快亮时，我才和护士交替让她休息。病人看起来非常不喜欢那位护士，嚷着早点让她回去。我说让护士再多留一会吧，他却听不进去。"让她走，这种不懂得照顾病人的护士真是太不像话了。"他说这话时呼吸显得更加困难了。

二十二日天亮前医生来到家里帮他注射药物，午后也是注射。一整天他都在吸着氧气，我也无法成眠。

二十三日他虽然从一大早起就呼吸困难，但脸和手上的水肿渐渐消退，几乎回到了平时的样子。可是脚和脚趾甲的水肿越发严重了，且肝脏也肿了起来，他直喊疼。肝脏肿胀的事医生以前就曾经说明过，如果症状到了这一步，恐怕回天乏术了。注射了些药物之后，他的疼痛才略见改善。我和医生说是不是让他熟睡一会更好些，在经过讨论后，让他服用了两颗安眠药。虽然病人看起来显得郁郁寡欢，但一知道弟弟来了，还是马上要弟弟到医生处去帮他拿药来。弟弟虽然和他说现在医生不在医院里，他却微颤地说："去找找……骑自行车……

帮我取一些药过来。”要弟弟依着他的话去做。弟弟拒绝不了只好答应下来，然后到厨房里和我商量该如何是好。我和他说既然答应了就该帮着去找医生，且如果病人有个万一，我们也不至于留下遗憾，接着我就让他出门去。

过了一段阴郁惨淡的时间后，弟弟回来了，脸上流着豆大的汗珠。“阿基，我带回来了，我在市营住宅区里找到医生了。用药吧。”说着把药拿到他跟前，一拿到药他就迫不及待地立即和水吞了下去，但没有任何效果，疼痛也未减。他问：“该怎么办才好？”我想了想，希望他能在临终之时保持正念，就跟他说：“为了减轻你的症状，我已经用尽所有办法，如果这样仍不能让你好受一些，实在是束手无策了。但还有一条路，就是领悟生死这件事，如果你能了悟生死之事，那么痛苦也就会消逝无踪。”他“嗯”了一声闭目静思了一会儿后说：“我知道！也领悟到了！我也是个男人，要走也得走得像个男子汉。”然后呈仰卧之姿并在胸前合掌。就这样闭着眼睛过了一阵子，我看见他眼里其实含着泪水。见状我想我是不是说了些不该说的话。他强忍着呼吸困难，断断续续地对我：“母亲，我已经没有感到任何痛苦了，心情很平静。刚才让你们在东天下茶屋街上挨家挨户帮我找医生真的很过意不去，跟小勇说声对不起，请原谅我的无理取闹。”之后他仍是闭上双眼，只是那紊乱的气息声仍不断地传进我的耳里。他似乎就这样睡着了。

他终于安稳地睡着了。我已经两昼夜没有合过眼，哪怕只是片刻，这一晚非得稍作休息不可。我用毛被将自己裹住躺在他的身旁，然而丝毫没有一点睡意。突然我感到应该量一下他的脉搏，于是将他的手抓住，却感受不到脉动，脉搏的鼓动似乎在深处，若有似无，指尖冰凉得让人感受到一阵不祥，呼吸也降到三十次以下。“样子好怪啊！”我想看看他的瞳孔，然而自己的眼力太差看不出个端倪来。“糟了，恐怕熬不过今晚了，可不是睡觉的时候。”我赶紧跑出家门直奔他弟弟的住处，要弟弟带着手电筒立刻到家里来，接着又跑回家去。两位弟弟和二弟的太太，以及各自的双亲都赶到家中，看他瞳孔已经没神了。弟弟们立刻打电报找医生，开始忙起来。

医生虽然马上赶了过来，但已经回天乏术了。“他一定受了不少苦吧……要是没有这些病痛的折磨，他一定是位好青年啊！”医生说了些这样的话。我问医生是不是已经没救了，医生虽然对我说应该还有一天左右吧，然而对送他出门的人明确地宣告：“只剩两个小时了。”幸亏这句话，要不病人去了我却还不知情。

最后，我们都聚集在他的枕头边，用沾了水的棉笔在他的口内外涂上。我喊着“基次郎啊”，见他突然睁开双眼，赶紧叫嚷，“是妈妈呀，你听见了吗？”却见他闭上双眼没有任何回应。逐渐地，他开始吐气长吸气短，呼吸的次数也渐次减少。最后吐出了一大口气之后，呼吸终于停止了。时间是三月二十四日下午二时。

摘自《日本的名随笔第八卷　死篇》

作品社

1983 年 3 月

译者　林巍翰

鲁迅先生

内山完造

内山完造（1885—1959），日本冈山人，1916至1947年一直居住在中国，主要经营内山书店。内山完造是鲁迅先生的挚友，自起中国名为邬其山。晚年从事日中友好工作，1959年9月20日在北京协和医院病逝，葬于上海万国公墓。现在日本东京神保町还保留有内山书店。

我第一次见到鲁迅先生是在1927年10月5日，这是通过鲁迅先生日记中如下记载才了解到的。

五日雨，上午寄静农、霁野信，寄季市信，寄淑卿信。钦文来，伏园、春台来并赠合锦二合。午邀钦文、伏园、春台三弟（建人）及广平往言茂源饭，访吕虞章未遇，往内山书店买书四种四本十元二角。下午往三弟寓。夜小峰邀饭于全家福（菜馆），同坐郁达夫、王映霞（郁夫人）、潘梓年、钦文、伏园、春台。

小峰夫人、三弟及广平、章锡琛、夏丏尊、赵景深、张梓生来访未遇，夜朱辉煌来。

之前鲁迅先生曾在广东中山大学担任文学系系主任，是因不堪蒋介石的暴政才逃到上海来的。10 月 3 日到达后住在共和旅馆，之后在 8 号、10 号和 12 号都来本店光顾过。并且 12 号似乎还来过两次。那时，因我也没有特别留意，只是把他当一般客人，直到有一次因他希望我们将书送到东横滨路景云里 23 号他家时，才知道他叫周树人。不由得大吃一惊，赶忙问："那您就是鲁迅先生吗？" 这就是我们十几年交情的开始。

当时，鲁迅先生作为中国作家已经有一定的声誉了，连我也耳闻他的尊姓大名。

直至今日我仍然在干着出售日本书籍的行当。看见鲁迅先生几乎每天都来店里买几本书回去，先生对日本书籍的渴求，让我觉得非常欣慰。

我想鲁迅先生一定被日本文学、思想和哲学等滋养。或许这只是自我陶醉，每次只要触及鲁迅先生的话题，我的脑海里总是浮现出这样的形象，让我独自苦笑一番。

鲁迅先生其实是一位很细心的人，他书斋里的书总是整理得整整齐齐。日本的杂志也是方方正正地叠在一起，每一册都夹有重要报道的标题目录，即使单行本也无例外。

先生在景云里生活期间，终于与从北京追随而来的弟子许广平女士结婚了，之后不久就有了小孩。孩子应该是在日本人开的医院（福民医院）出生的，命名为海婴，源于上海出生的孩子之意。鲁迅先生晚年初得子，自然十分欢喜。

其实，鲁迅先生在北京还有一位妻子，也就是说，这是娶的第二位夫人。但先生好像想得很开，说是“北京的那位是母亲的媳妇”。

我想可能是说那是按照传统习俗由双方父母擅自决定的婚事。正如先生所言，北京的那位夫人一直伴随他母亲到临终。

因此，许广平女士也就算是鲁迅夫人了。

鲁迅先生一家三口在上海生活，北京那边两位每月的生活费他还照送不误。对完全依靠稿费度日的鲁迅先生来说还是挺辛苦的。

其实，鲁迅先生最大的魅力就是他正直的性格。记得有一次他和创造社的人展开了舌战。

“让我也创作无产阶级文学，我这辈子从未劳动过，怎么也无法写出无产阶级文学！”听他这么说，我不禁心生敬佩，到底是鲁迅先生呢！

还有一点就是不论向他咨询什么事情，他如果清楚了解，就会当即解释，不过只要有一点小小的地方不清楚的话，他一定会说“等我去查一下”，然后认真地记在本子上。

我保留了很多这样的笔记。鲁迅先生去世后，中日双方都有人来跟我要他的笔记，最后我连小纸片都分给大家了。现在唯一还保存在手上的是我妻子请先生的挥毫留笔，如今在上海的纪念馆展示着，上面写着：

廿年居上海，每日见中华：
有病不求药，无聊才读书。
一阔脸就变，所砍头渐多。
忽而又下野，南无阿弥陀。
辛未初春书请邬其山仁兄教正。
鲁迅

据说是指中国的一些政治家，一旦当政就开始排除异己，下台就逃到寺庙去当居士念南无阿弥陀佛。先生还特别在书上留下了手印呢。

鲁迅先生自己不喜欢美国的巧克力，经常把它们送给我。“老板，又有美国巧克力了，收拾了它吧！”这是他的寒暄语，有时候他还专门买些日本、俄罗斯的巧克力带回去。

先生虽然对日本的政治深恶痛绝，但对普通日本人是非常亲近的，也有欣赏的部分的。也许是因为鲁迅先生在日本留学的时候是明治维新时期，当时以藤野先生为中心的那些日本人的认真精神给他留下了深刻印象吧……

有一次他生病，我去探访他时，他精神很好，就跟我聊了许久。

“唉，老板，我卧病期间发现了一个极有趣的事情。等我恢复了，我准备谈谈这个问题呢。”然后就娓娓道来。

“唉，老板，现在中国四亿人都患有一种病，叫‘mamahuhu’，不治好这个病中国就没救了。我已经找到解药了，日本人有解药。日本人的那种认真劲儿就是特效药，我们可以全面排斥日本，但解药必须得买哟。”

鲁迅先生所说的那个“mamahuhu”，写成汉字就是马马虎虎，意思是什么事情都不用弄得太清楚、太认真，模模糊糊敷衍了事就行了。先生说四亿人已经病入膏肓，他们只能自暴自弃听天由命了。

他说日本人的认真劲儿就是这个病的解药。可见鲁迅先生虽然极其反对日本的政治，却非常欣赏日本人。真是惭愧！

鲁迅先生虽然完全依靠稿费度日，却因性情直爽、直言不讳而招来各种压力。

当时，宋庆龄、蔡元培、杨杏佛、林语堂和鲁迅等组成中国民权保障同盟反抗蒋介石，白莽、柔石等鲁迅的年轻弟子六人惨遭杀害。鲁迅先生和他的朋友都感到非常愤慨，不但在中国民权保障同盟中谈及这个事件，并且用德语、法语、英语、俄语等语言向全世界控诉。这件事给蒋介石带来了沉重的打击。于是，蒋介石指使陈立夫、陈果夫试图进行镇压。按照先生的说法，当时他们在考虑究竟收拾谁最有效果。据说也考虑过对付鲁迅先生，但因担心如果直接针对鲁迅先生会受到青年们的反对，结果没有把杀手指向鲁迅先生，而是杀害了杨杏佛。接到从中国民权保障同盟打来的电话，让我转告先生杨杏佛已经遇害。鲁迅先生一听到这个消息就马上赶过来并说要立即过去。我告诉他太危险，他也没有听劝。之后，对鲁迅先生的迫害就愈发加剧了。蒋介石自己不出面，让浙江省警察署长发布了对鲁迅先生的逮捕令，并以浙江省的名义发出禁令，禁止出售鲁迅先生的作品。因为已经下发了逮捕令，我也开始担心，最后勉强让他躲了一段时间。正好我家附近有一个朋友经营一幢叫花园庄的公寓，他们把杂工的房间腾出来让鲁迅先生一家三口藏在那里。那时候倒是没有出什么事情，不过后来对鲁迅先生的迫害愈加严重，最终他们干脆就不让他用鲁迅的名字发表文章了。听说鲁迅先生使用过的笔名有 130 个左右，我知道的大约就有 109 个。

鲁迅先生几乎每天都光顾我这里。他搬家后，因为房间狭小便在别的地方租了一间房做书斋，每天都去。上午学习，大约 2 点或 3 点左右回家。中途顺道到我这里光顾一下，跟我聊聊天再回去，都成了习惯。

鲁迅先生虽然遭受政府迫害，却一直都保持着悠闲明朗的心态。即使跟他说政府已经下达了逮捕令，不能老是这样无忧无虑度日，他却说："没关系，捉拿令的意思就是让我闭嘴。如果真要逮捕我，早就悄悄地就把我给带走了。不用担心，不用担心。"

至于鲁迅先生的家庭状况，照先生的性格，经济上自然不会宽裕。在北京还有母亲需要供养。学生们也经常来打搅。记得还发生过这样一件事情。有一天，有一位妇人到我这里说想见鲁迅先生，正好先生在店里，她却不知。我问她有什么事儿，她说她丈夫是鲁迅先生的弟子，现在被警察抓走了。去找警察商量却说只要拿 300 块来就可以放人。家里东西能卖的都卖了，加上借来的钱凑起来也只有200块，所有的办法都想尽了，最后想着来找鲁迅先生想想办法解决100块的问题。我问鲁迅先生见不见，他说见。那位妇人见了鲁迅先生就三叩九拜把刚才的话再说了一遍。

听她诉说后，鲁迅先生说正月给朝日新闻写了一篇《上海杂感》，恰好收到他们送来的稿费。其实，那是我刚刚交给他的现金啊！就这样原封不动地给了那位妇人。等那妇人欢欢喜喜地离开后，我跟先生说她是被人骗了，先生也说："我知道啊，知道这位妇人要被骗走300元。可是即便我跟她说明鲁迅付这笔钱不对，她也不会接受。她现在没钱有困难，而我如今正好手上有钱，给她不就行了。她拿着钱去，到时候警察收了钱自然就会明白是被骗了。这样不就行了吗？"真是一位伟大的教育家啊！

其实，他的家庭状况一直都很艰难，却绝对不问人借钱。不论中国人还是日本人都说鲁迅先生一定是因为有内山的资助才可以行事无忧的。实际上，我从未对鲁迅先生提供过任何资助。这也是鲁迅先生了不起的地方。

鲁迅先生买了很多日本书籍。具体到底买了些什么现在也无法一一列清了。只有一次，觉得有趣而记忆深刻的是他买了一套川柳全集。他说他虽然不能完全明白，但大致能够理解。之后他曾说过："日本人还是不要写汉诗的好啊。这跟让我写川柳、俳句是一回事儿。日本人还是别写汉诗的好。”之后见到萧伯纳，鲁迅先生曾说：“萧伯纳先生说中国人和日本人都是讽刺家，其实那不是讽刺。我们只是把最丰富的内容用最简短的语言表达出来而已。绝不是讽刺家。”我那时候才知道什么叫英雄啊！

卢沟桥事件发生后，鲁迅先生在我面前绝不提跟日本有关的事情，我也什么都不说。不光鲁迅先生，我从来就不和别人谈什么政治呀军事之类的事儿。但是有些文章胡乱写一些莫名其妙的事情。鲁迅先生将个人交往和政治分得非常清楚。照常光顾我这里，和以前一样没有丝毫改变，我也同样照旧相对。日本军部到底也不敢太露骨地给我施加压力。有时候领事馆警察的特高也似乎考虑过通过对付我找出与鲁迅先生之间的瓜葛，不过站在一旁偷听半天我和鲁迅先生的谈话后最终也没有找出什么茬儿来，后来就干脆不再露面了。[①]

上海有一种被称为小报的小型新闻社经常攻击鲁迅先生。他们称内山完造是日本外务省的高级特务，每月领工资 50 万，光一年的机密经费就有 500 万，且根据情况无上限支付。还说我养了很多信鸽，其中最大的一

① 鲁迅先生是于 1936 年去世的，是内山先生的记述有误。——译者注

只就是鲁迅，鲁迅每月拿着10万的饵食费，等等。每次出现这样的情形，鲁迅先生都跟我说，别把这些人当回事儿，谎言可以写出千千万，而事实却只有一个，经过时间的锤炼，最终会真相大白的。在目前的状况下，真相有可能被掩盖一时，不用在意。他话虽这么说，倒是一年一次或半年一次汇总性地跟那些文章算总账。针对那些谎言，一个个地钉上钉子，他是很会“打仗”的。有一天，他跑来问我还有没有半年的餐费，因为我帮他管理着他的资金。我回答说还有，他才说想跟他们干一仗，不过这一闹半年左右就没有进账了，先确定吃饭问题后才去跟他们打仗，可见他是个难对付的强手。

鲁迅先生喜欢的诗人是李长吉。此外，他还积极引进宣传新版画艺术。我们曾一起合作将世界的版画都收集起来传授给美术学校的学生。这也是新中国版画艺术的起始。据说先生热衷于版画的缘由是油画和中国画都仅真迹一幅，只能供一部分人欣赏。特别是油画等画材都是进口物，不太适合一般大众，但版画可以供大众欣赏，价格低廉，且雕刻的内容都是日常生活中发生的事情，易于理解。

像雕刻乌东店、理发店等，战时在中国宣传时使用的都是版画，但也有中国人因为版画而丢掉性命。最初参加学习班的有18个人，因此被命名为十八艺术社。

他们中就有数人惨遭杀害。鲁迅先生先从德国订购了珂勒惠支的版画集，在上海制作了复制品，开始引起了大家的关注。人们开始收集雕好的版画并从中选出一些好的作品制作版画集，还出版了《木刻纪要》第一辑。后来，先生因考虑到应该将古典版画、明朝小说的插画等诗笺、便笺技术保存下来，便和郑振铎一起在北京荣宝斋等十几家文具店从 5000 多张便笺中选出 460 多张，编辑在《北平笺谱》，之后又翻刻《竹斋笺谱》，不料在印刷第二辑时就与世长辞了。

鲁迅先生常说中国悠久的历史中有很多优秀的遗产，特别是那些有特色的唯独中国人才有的东西，必须好好保存下来，也就是对一些有特色的艺术的保存。

鲁迅先生长期卧床，其间一直都是一位叫须藤五三的日本医生在给他诊病。那是在 10 月 18 日，应该是每日新闻的一位松元枪吉君说想和先生见一面，就约好在 18 日上午 10 点钟见面。没想到当天早上，先生来信说头天晚上发了哮喘，没法和松元见面了，另拜托叫一下须藤先生马上过去。因鲁迅先生的夫人是广东人，他担心我听不懂广东话，每次都一定写信给我。不过那天信上的字迹非常缭乱，我心感不妙给须藤打了电话后就赶紧过去了。先生似乎很难受，靠在藤椅上，就是这样手上还拿着一支烟。看他呼吸都只有吐气没有吸气的力气了，只觉不祥，问先生他也只是说很难受。让他躺下来帮他搓背，他却说不用。那时候我手里拿着从鸡蛋油精炼制作的哮喘药，跟他说喝了这个会好一些。其实，以前就给他推荐过，他总是说恶心不用，没想到那天他倒愿意试一下。给他喝了一点，却一点儿也不起作用。看着他难受就让他躺在床上，这时候须藤先生也来了。须藤先生一打开门，就站在那儿直盯了先生一会儿，那表情似乎已明了一切。进屋后把了一下脉，说不好啊，得赶快派人去叫松井博士，却不知因为那天是周日，松井博士打高尔夫球去了，不在家。刚好有位叫石井政吉的医生在他那里，听说是鲁迅先生不好就立即赶过来了。来了就说需要吸氧，又马上去取氧气，这样吸着氧气拖到 19 日凌晨，就与世长辞了。

先生没有留下遗言。但之前曾写过一篇以“死”为题的文章，将遗言留在文中了。大概不愿向任何他认识的人收取香典，但若是老朋友就无妨（即如果是关系好的朋友就无妨），也不用祭奠。忘记他，为食而劳，别把孩子培养成半吊子的文学家之类的话，其他好像还有四五项吧，就算他的遗言了。

那天晚上，也就是 18 日半夜里，似乎状况越来越糟糕。三弟周建人被叫过来，先生的妻子和孩子三个人陪伴着他。刚好就在我回家那当儿，鲁迅先生去世了。

鲁迅先生最后的一封信现在保存在鲁迅纪念馆里。

“老板阁下，夜半哮喘意外发作，10点钟的约会没法子去了，真是抱歉。另拜托给须藤去电请他立即过来。”

这就是绝笔了。那天早上先生还记着日记呢，可惜只写了一个日期。

临终也没怎么遭受苦痛。刚好平琢雷鸟的丈夫奥村博先生也来上海，那天早上正好在我店里，听说鲁迅先生去世了，他一定要去慰唁，我就带着他一起去了。他为先生画了一张素描，这就是现今满街都有的那张彩色素描了。

鲁迅先生的遗体于19日下午被运送到胶州路的万国殡仪馆。从20日早上开始至22日出棺，最后来辞别的行列一直没有间断。但是，政府官员以及开车来告别的富豪却无一人。22日下午两点有约六千的青年男女参加了殡仪馆安葬仪式，大家默默地迈步走向万国公墓。道路两侧有巡警骑马警备，童子军管理交通，没有出什么问题。在万国公墓灵堂，由8位葬仪委员为鲁迅先生举行了极其庄重的仪式。蔡元培先生致辞，沈钧儒朗读简历，宋庆龄女士致告别辞，还有章乃器先生、郁达夫先生和田汉先生等致告别辞。我也作为葬仪委员讲了几句。仪式结束时盖在棺上的黑天鹅绒上有“民族魂”

的白色大字。棺材就这样入墓了。

埋葬结束时，只见高空中镰刀似的月亮凄凄地映照着呜咽的人们。

摘自《随笔的赠物第一卷》

岩波书店

1999 年 3 月

译者　吉田庆子

与太宰治度过的一天

丰岛与志雄

丰岛与志雄（1890—1955），日本小说家、翻译家、儿童文学作家。曾任法政大学名誉教授，明治大学文学部教授，日本艺术院会员。在翻译方面很有建树，留下了很多优秀的翻译作品。

昭和二十三年（1948 年）4 月 25 日星期日，那天下午，电话铃响了。

“我是太宰啊，现在去拜访您，好吗？”

电话的声音不是太宰的，是阿崎的。阿崎只是我们才这么称呼她，她的本名叫山崎富荣。

星期天一般不会有访客，正好可以和太宰一起好好聊聊。

没一会儿，两个人就过来了。试想太宰住在三鹰，我家在本乡，从时间上推算可能是从御茶之水附近打来的电话。看来询问“可以打搅吗”，不过是出于礼貌，实际上只是想确认一下我是否在家罢了。

“今天是来发牢骚的。听我抱怨一下吧！”太宰说。

听他说这种话还是第一次。不，应该说他不是吐露这种话的男人。不管心里装着多大的烦恼，人前他总是装出一副快活的样子。那才是他的性格。

听他谈起他的工作，好像已经完成一半了。他那时候正着手在《展望》上连载小说《人间失格》。在筑摩书房古田先生的安排下，他在热海写出了前半部分，在大宫写的后半部分。其间，从热海回来的时候他到我家来。后来我看了他的《人间失格》后，被他话语字句间所渗透出的阴影所打动，想来那种阴影已经在他心中积淀极深了吧。

太宰说是来发泄，其实似乎说出这句话他就已经心满意足了，之后就再无多言，很快大家就喝起来了。

我们这些搞文学的人，除少数例外情况以外，都喜欢喝酒。爬文字格子的工作可谓呕心沥血，实在承受不了了就靠酒来消解。或说因为脑海里、心中都“贮存”了太多的垃圾，为了清除这些东西而喝酒。太宰也是如此。并且，太宰表面上似乎过着自由奔放的生活，其实却有极度羞涩的一面。好像口无遮拦直言不讳，却又极度腼腆。他是为了掩饰这种羞涩才喝酒的。与人见面没有半杯酒掺和无法交流。这样看来，其实他是因为双重的原因在喝酒，自然而然我们就成了见面必喝。

正好，那天我家还有点酒。因为我家附近自由贩卖的酒店里的酒总是立即卖光，很不容易到手。看太宰跟阿崎耳语一番，让她打电话去了。离家不远有跟他们平时有交情的筑摩书房和八云书店，不过因为是星期天不知运气如何。

“喂，我是阿崎啊……”阿崎这样自报姓名，“太宰在丰岛这儿啊，能不能搞到酒啊？”就这样跟他们纠缠着。酒钱就从稿费中扣除吧，等等。恰好两个地方都有人看着店。八云送来了一瓶上等的威士忌，晚上筑摩书店的臼井先生也亲自送来了一瓶上好的威士忌。

其实，太宰喜欢招待别人，讨厌别人请他。世家名门长大自然养成了他的这份性情。他曾有一段时期与家里断绝往来，稿子也卖不出去，窘迫流浪的时候，他的这种性格可能让他吃了不少苦。

我和太宰是最近才开始关系密切起来的。即使到我这里来，他也总是想招待我。也许是知道我家境贫困不愿给我添麻烦，另外大约是对年长之辈的一种尊重吧。或许在他心里愿意添麻烦的就只有去世后也帮他收拾后事的新潮、筑摩和八云三家出版社吧。

那天依然是太宰帮我到处收集酒来，不光酒，还让阿崎东奔西走买来各种食物。我女儿结婚后仍然与我们同居，那时候正好卧病在床，为了慰劳病人，他还买来一些黄油和罐头之类的东西。

有意思的是鸡肉料理。之前，太宰来我家时，我曾亲手杀鸡露了一手。那是一只很奇怪的鸡，居然无法分出雌雄。也就是说没法取出子宫或睾丸，让我们大笑了一番。那么血腥的事情，试想太宰一定会感到恶心，没料到他居然兴致盎然，之后还亲自操刀弄得四处都是鸡的血迹。我知道这件事，不想重复上次的失败就让他们买了一只整鸡，在餐桌上利索地解剖给他们看了。没想到那只鸡肚子里却有一个要下的鸡蛋，当那软乎乎的大鸡蛋掉出来的时候，一时间我和太宰都不知所措。

我和太宰都不喜欢在酒席上对文学高谈阔论。那些政治性的时事话题也穷极无聊。话题自然就转向天地自然，也就是以山川草木为主了。以前和太宰在附近散步时正好路过一棵银杏树，这棵树曾是麻雀窝。如今，那附近已经被战火烧成一片废墟，银杏树上曾有数百只麻雀啼啭，据说大清早就把附近的人们吵醒了。我说银杏树有五棵排列着，却被太宰指出只有三棵，后来认真看了似乎确实只有三棵。当时太宰大笑："丰岛的话一点也靠不住，说是五棵却只有三棵。"之后，他喝醉后就喜欢把这句话挂在嘴上，不分雌雄也是他酒后的口头禅。就这样，那天也是大笑了一番。心里忧闷才这样拿一些不足轻重的事情来取乐呢。

晚上，臼井君也来了，家里开始热闹起来。我也醉得都记不清当时说了些什么。不过，我喝多以后习惯将眼前的人作为下酒菜数落对方，说不定那天对臼井君说了很多失礼的话。

臼井君虽好酒却不易醉，喝得差不多的时候就回去了。

我和太宰都喝得不行了。太宰要注射维生素 B1。他已经咯了几次血，实际上身体也非常虚弱，必须长期饮用或注射维生素剂。阿崎负责注射，她很勇敢地倏然完成。为了防止安瓿中的药液变质，维生素 B1 经过了酸性处理，所以特别疼。阿崎一注射，太宰就皱着眉头：疼！

“让我来吧。保你不疼。”我说。

针尖插入皮肤后，极其缓慢地注射药液。

“怎么样，不疼吧！”

“嗯。”太宰点头。

等要注射完的时候，我却突然加大力度。

“哎哟，疼！”然后大家哄堂大笑。

阿崎不仅注射勇敢，在其他方面对太宰也是毕恭毕敬，尽力服侍他。不管太宰说什么任性的话，让她去干什么，她都从不辩驳，从令如流，而且总是特别注重细节，顾及左右，不让任何一点缝隙漏风吹到太宰。阿崎是最完美的侍女和护士。而家庭的事情则有美知子夫人好好地守护着。太宰只管工作就行了。

缘于此，我们无法在太宰和阿崎之间感觉到丝毫爱欲的影子，甚至让人感觉他们有一种清澈纯洁的东西。我自觉这种感觉无错，所以我也不介意让他们在我家同居一室。那天晚上亦如此。

平时太宰会把所有事情都交给阿崎，第二天他却难得一个人出去了。过了好长一段时间，他拿着一束花回来了。白色的花朵环绕着几支强劲的茎，还配着两朵美丽的红色芍药。

"怎么样，这个只有我才懂，跟您的女儿很像吧？"

太宰扭头看着阿崎如此说着，似乎在掩饰他的羞涩。原来他想这个必须自己亲自去买，然后递给我，说是送给我的女儿。

我们又开始喝起剩下的威士忌。在场的女人只有女佣一个，阿崎又开始忙来忙去。这时候，八云的龟岛君来了，筑摩的臼井君也顺路过来了。没喝多久太宰就在大家的护送下回去了。穿着西装和沉重的士兵鞋，他虽强打精神，但背影让人感到一丝疲惫，说是疲惫还不如说被一种忧郁的影子笼罩着。

自那以后，我就再也没有见过太宰。等再见到的时候就是他的尸体了。也许，死对他来说只是一次新的旅程的开始吧！这次出行直至最后都有阿崎陪伴左右，我反倒为他感到欣慰。

摘自《丰岛与志雄著作集 第六卷（随笔·评论·其他）》

未来社

1967 年 11 月

译者　吉田庆子

杨先生

丰岛与志雄

丰岛与志雄（1890—1955），日本小说家、翻译家、儿童文学作家。曾任法政大学名誉教授，明治大学文学部教授，日本艺术院会员。在翻译方面很有建树，留下了很多优秀的翻译作品。

杨先生——在圈子里大家都是这么称呼他的，这是我们对他满怀亲切感和敬意的一种称呼方式。杨先生的父亲是日本人，母亲是中国人，他的国籍是中国。

他长期住在东京的本乡区，最近偶尔会突然到关西地区飘然神游，在我看来恐怕是在准备回国吧。对我来讲记忆深刻。

今年三月的一个傍晚，我曾经因路过杨先生家就顺道拜访了他。“先生正在工作，请随我这边来。”女佣这么说着，把我从大门领到后院里。要是正在工作的话应该是在书房啊！我虽这么想，但还是默默地跟着女佣走了进去。只见他家小小的后花园放着一块巨大的石头，而杨先生端坐在石头上吸着烟。他只穿着薄薄的衬衫和内裤，捆着腰带，脏脏的手巾扎在腰带上，脚上穿着中国式的鞋子。身旁堆积着大量的木材，锯子和大小斧头等工具都齐全地排列着。

我笑道："女佣说是在工作，我还以为做什么呢，原来是在劈柴呀！"

"对啊，杂活儿，跟我匹配吧？"

杨先生满脸认真地说道。据我了解，一般中国的家庭，一家之主是绝对不会干这种杂活儿的，本想从他的语言表情中寻找讽刺的意味，但没想到他非常认真。

"最近，我开始从劳动中感受到乐趣、愉悦和感恩啊！每一次拉着锯子锯着木头，将其中一块放在切割台上，用劈刀砰的一声劈开木头时都能感觉到剑道的滋味。"

"不过，这是一件劳神费力的事儿吧？"

"没有，这算不了什么，并没有做书斋的事儿费神。"

他家书斋里堆放着大量的日、中、西洋文的书籍。他一如被书埋没似的，在那里涉猎群书。但似乎也并不是系统地在搞学问的样子，只是凭着嗜好随意阅读。其中他特别钟爱老子的文章，收集了很多有关老子的日中注解书籍。不过，他似乎也曾有过各种写作长篇小说的构思，这是他在酒席上透露给我的。

在书斋里的时候，他总是很庄重的样子，具备了中国那种大人物的气魄。如今单衣劈柴的样子，在他结实的骨骼中这种气魄更显得引人注目。虽已是50多岁上了年纪的消瘦身躯，却让人感觉他格外强壮。

看着女佣上茶后远去的背影，杨先生说道："女佣一开始并不愿意让我砍柴，不过最近已经完全适应，缺柴时就主动来告诉我。真让人欣慰啊！"

附近因受空袭烧毁，煤气好像也停了。"以后要是空袭更加激烈，灾害加重的话，自来水也会停吧。居民自治会已经来通知了。要是那样，我准备自己去汲水。从早到晚，汲水、劈薪、烧炉灶，也就是说给自己家里打杂奉公啊。这样可以体验到劳动的滋味，不仅如此，我还准备自己种菜呢。寻找耕农场所时，在意想不到的地方我发现了一些不知名的草木，由此对草木也滋生了感情，设想着如何把它们移植到朝阳的地方。如此一来，各种各样的杂事忙得我不可开交。整天都得工作，而工作又变成一种乐趣。"

我看了一眼他那认真的表情。

"都成了一种嗜好了！"

“对呀，可算是战时的一种健全的嗜好。高度文明生活中，大家都认为自来水绝不会断水，电也绝不会停，煤气也绝不会中止。不过有时候这样断断水、停停煤气和电，反倒让人对这些东西倍感亲切，挺好的。为我们提供享受种种健全的、充满乐趣生活的机会。”

杨先生在不知不觉中吐露了一个大大的讽刺。而他本人却是一本正经，而且挺开心的样子。

我只觉无语，为了不影响他劈柴，待了一会儿就告辞了。

之后，东京的空袭越来越频繁，受灾地区的范围也在不断扩大，到处都成了一片废墟野地。我的朋友熟人也相继受灾。我也横下心，到烧掉房屋为止不再忧虑，索性时不时还骑着自行车出去逛逛。那应该是在六月吧，早上骑着自行车时偶然遇到杨先生。

我那时刚学会骑自行车，所以只要有一点坡度就必须推车步行，而悬崖上的小道也十分危险，我就一边推着自行车步行一边欣赏四周风景。

那天正好在悬崖上的小道上推着自行车时，见远处有一位穿着日本正装和服的男子伫立在那里。

附近是一片被烧毁的荒野，四周不见人影。在残酷猛烈的空袭下，穿正装和服就显得特别珍奇，可谓一番不识时务的打扮。这人有点古怪啊！等我靠近时，才忽然发现那长发、高个儿、消瘦却结实的身躯有点眼熟，啊，原来是杨先生！

杨先生伫立在悬崖边上，凝神远望着那片被烧毁的风景，似观景似沉醉在梦境的样子，连我走近也没有察觉。

我招呼了他一下。

他回过头，如疲于从梦中醒来似的一副恍恍惚惚的表情，然后才露出笑容，眼睛却先盯着自行车说道：

“喔，自行车呀，去哪儿？”

“只是散散步。”

“散步好啊，不过骑自行车不太方便吧？”

我本想炫耀一下刚领会到的骑自行车的爽快、方便和乐趣，却打消了这个念头。因为杨先生的态度让我顿觉徒劳，他的表情里已经充满了轻松舒畅的感觉。

“您也散步啊？”我问了一句。

“算不上散步，唉，欣赏废墟吧。最近这样出来闲逛已经成为一种乐趣。”

我再次打量了一下他那服饰打扮。

他仍然满面笑容。

“如果说成是乐趣，会挨骂吧？”

“什么？没事儿。不过什么地方让您兴致盎然啊？”

“这么大的一个都市的外装被这样撕扯后，差不多完全变成裸体了，有一种难以言喻的快感啊！”

我们不知不觉地开始漫步起来，他步调优雅，我也推着自行车边走边聊。

杨先生说迄今这个都市只是排列着一些毫无特色的平凡人家，却因为被火烧得全裸后，大地有如被扒掉丑陋的外衣展示出新鲜的肌肤，有一种不可思议的感觉。我们早已忘却了曾经拥有过这片大地，可这片土地上，却印刻着林林总总的各种“纪念品”。它绝不是一片处女地。有众多的园林、池塘、石灯笼、土墙……正如田园里有山川自然美景般，土地上也有无数人为的建筑。人类建造的这些风物刻印在这片赤裸新鲜的大地上。当去掉那些烧焦的铁皮和破瓦后，它们将会显出何等的美丽光彩呢?

“在这个城市出生成长的人，如果还有乡情概念的话，那一定是对这些风物的记忆。生活在都市的人们是无法拥有乡情的吧。”

我不禁莞尔。

“但街道也有街道的风格呀。弯曲的小巷、层叠的房屋所散发出的那种氛围，还有各种定期的民俗活动，特别是祭礼等是影响城市风格的一个很大的因素。这样的风格对生活在大城市的人来说不就形成了故乡的情结概念了吗？”

“不对。我说的是生活的故乡，不是自然的故乡、浮动的追忆，而是那种固定的现实的东西。”

杨先生的这一番道理有一种我无法言喻、暧昧模糊的东西。实际上，我想杨先生也定是沉醉于那种暧昧恍惚的梦境里罢了。过了一会，他喃喃自语道：“这片焦土让我想起我的故乡。”

他的故乡在扬子江边。在杨先生的脑海里，那条赤淤的漫漫长河与这片宽广的原野废墟是如何让身处异乡的他交接在一起的呢？

遗憾的是远处响起的空袭的警报声让我们不得不中止谈话。在这片焚毁焦土上无从了解详细情况，我只好操起我那靠不住的骑车本领往家奔去。

靠近山坡时，回望远处，只见杨先生迈着优雅的步伐，正漫步离去。

后来，我遇上一次杨先生，那已经是战争结束后，九月中旬的一个下午，我刚好路过日比谷的四辻。公园前的电车停车场前乘客正排着长队，我看到高个儿的杨先生也在队列里。杨先生伫立在队列外正四下张望，立刻注意到路过的我。

我因没有急事，也想正好陪他消遣排队的无聊，就站在旁边和他聊了起来。

他身着一身很有派头的定制西服，巧克力色的短靴，带着浅茶色的软帽，手提一把藤制的手杖，一身无可挑剔的打扮。

我不禁微微一笑，回想起他劈薪和悠闲漫步焦土废墟时的情形。

“这边请。”

“正要回家。去参加了一个聚会，无聊之至。”

他嘴上虽说无聊至极，脸上却笑盈盈的。

“发生了什么不愉快的事情吗？”

“说是不愉快，还不如说是无聊。”

然后，他似乎认真地思考了一下。

“过去，你们曾经说过中国的知识分子都太过于关心政治，不可思议。然而，战争结束后，现在日本的知识分子如何呢？大家不是满脑子的政治吗？如果政治还是继续这样下去，有人敢视政治如粪土，勇敢地否定政治的话，我倒是想和他握个手。”

“那就跟我握手吧。”

他目不转睛地凝视着我，然后笑了起来，紧紧地握住了我的手。

我们一起点起烟来。

“电车还不来！”他说道。

“班次太少了，等烦了吧？”

“那倒没有。”他温和地微笑着，“人一生都在排队，我还正想着这个事儿。进学校要排队，就业也要排队，升职要排队，除少数例外情况以外，我们不是一直都在排队吗？所以，讨厌排队的人不乘车不就行了吗？不去学校，也不任职。”

“那您呢？”

“您说我自己吗？”

他快活地笑了起来。

“这车可乘可不乘，该怎么办呢？”

说着，他已经离开队列了。穿过电车轨道，到护城河时，只见一群人中夹杂着美军士兵，正看着河里的鲤鱼。

黑鲤鱼里面混杂着红鲤鱼和德国鲤鱼①，肥肥胖胖的鲤鱼聚在一起欢快地跳跃着。一旦有人把那些吃剩的粮食扔出来，霎时间鲤鱼就凑了过去狼吞虎咽，饵食一完就又各奔东西。

杨先生和我，好长时间就站在那儿一直凝视着那些鲤鱼，久久不得离去。

摘自《丰岛与志雄著作集第六卷（随笔·评论·其他）》

未来社出版

1967 年 11 月

译者　吉田庆子

---

① 由德国和奥地利合作改良的一种鲤鱼。——译者注

我的朋友二三人

芥川龙之介

芥川龙之介（1892—1927），日本著名小说家。代表作有《罗生门》《竹林中》《鼻子》《偷盗》等。

芥川龙之介生于东京，本姓新原，父亲经营牛奶业。生后9个月，母亲精神失常，乃送其至舅父芥川家为养子。芥川家为旧式封建家族。龙之介在中小学时代喜读江户文学、《西游记》《水浒传》等，也喜欢日本近代作家泉镜花、幸田露伴、夏目漱石、森鸥外的作品。1913年介川进入东京帝国大学英文科。学习期间与久米正雄、菊池宽等先后两次复刊《新思潮》，使文学新潮流进入文坛。其间，芥川发表数篇短篇小说，确立起作家新星的地位。1916年大学毕业后，他曾在横须贺海军机关学校任教。1919年在大阪每日新闻社任职，1921年以大阪每日新闻视察员身份来中国旅行，先后游览上海、杭州、苏州、南京、芜湖、汉口、洞庭湖、长沙、郑州、洛阳、龙门、北京等地，回国后发表《上海游记》(1921)和《江南游记》(1922)等。自1917年至1923年，龙之介所写短篇小说先后六次结集出版，分别以《罗生门》《烟草与魔鬼》《傀儡师》《影灯笼》《夜来花》和《春服》6个短篇为书名。1927年发表短篇《河童》，对资本主义社会及其制度作了尖锐的嘲讽。同年7月由于健康和情绪上的原因，服毒自杀，享年35岁。

一

小穴隆一君（虽说称呼他“君”有点怪）比我年龄要小，但他的成就非凡。假如说我可以流芳百世的话，和我这样一个小作家相比，小穴君就是那种名字将成为烫金版的名留千古的大家吧。我可不是拍小穴君的马屁，也不是假装谦卑给大家看，而是考虑到造型美术与文艺的不同，有感而发。(所谓文艺，特别是小说这样的东西，300年后还被评价的并不多。)但是，如果不是因为大地震或火灾把小穴君的画都烧掉的话，小穴君的名字也许会因为与我之间的孽缘而被后人所知吧。

小穴君是一个彻彻底底神经质的人。明明不是那种豪放的性格，有时却说些做些勇敢的事情，有时还不乏诙谐精神。有一次我从海上回来说：“下面瘙痒难耐啊。”小穴君听了后递来一瓶酒精对我说道：“把这个涂在睾丸上就好了。”我信以为真，将酒精涂在睾丸上。谁知一阵蜇疼，仿佛被火烘烤一般。我一边大叫“受不了啦”一边在地板上滚来滚去。小穴君不但捧腹大笑还很同情地对我说：“是受不了。”自那次以后，我发誓再也不在睾丸上涂抹酒精了。

小穴君还会写俳句，这可不是什么业余爱好，不仅如此，他的俳句与画还有着血脉相通的关系。我在俳句方面有不少是受小穴君的启发。（到底这些启发对我来说是福是祸呢，或福祸交加？）

二

堀辰雄君的年纪也比我小，但他的成就并不平凡。东京人、大户人家出身、诗人、热爱读书，等等，与我有很多共通点。但与我不同的是他不属于旧时代，我阅读的都是深受“新感觉”熏陶的诸位大家的作品，但堀君就是一个并不比那些大家逊色多少的作家。我所言不虚，下面有诗为证：

碎了玻璃的窗户
我的蛀牙之苦
夜幕
在你身体内部

点上灯烛

屏住气息听得清楚

碟与刀的碰触

堀君的小说也具有跟这首诗一样的特色。今后年轻的作家们也会如雨后春笋般出现吧。堀君自不用说，肯定能成为一个无人可模仿的作家。以前我们日本人老被嘲笑是“早熟早衰”，但若考虑到热带女人 13 岁就生育的话，那亚热带的男人 30 岁就秃顶也纯属正常。而且所谓的“早熟晚衰”这种好事并不常见，我衷心祝愿堀君能够早熟。《恶之花》的作者当时也才 25 岁左右吧。少年得志比大器晚成要来得好，晚衰的事放在以后即可。

三

接下来写谁都行，其实谁也不写也可以。那就轻松一些，留下标题三就此结束吧！

摘自《芥川龙之介全集第四卷》

筑摩书房

1971 年 6 月 5 日出版发行

译者　赵呈琦

老年与人生

萩原朔太郎

萩原朔太郎（1886—1942），日本诗人。生于群马县前桥市一个医生家庭。中学时代开始诗歌创作。1917 年第一部诗集《吠月》出版，以其白话自由诗体和率直地吐露爱情的风格，引起很大反响。1923 年出版的诗集《黑猫》是他中期的代表作，情调颓废，反映了尼采等人对他的影响。1925 年移居东京，此时期出版的诗集《纯情小曲集》，表达了作者对人生的感伤和失望情绪。诗集《冰岛》（1934）、《回归日本》（1938）均系晚期作品。收在《冰岛》里的诗作，一方面悲叹痛苦的人生，同时也交织着一定程度的愤怒。萩原朔太郎处于日本资本主义日趋没落的时代，他的彷徨和苦闷影响了他的诗歌创作。他以口语写诗，语言富有音乐感，对诗歌形式的创新做出了一定的贡献，被誉为日本近代诗之父。

风烛残年却苟延残喘是一件可悲的事情。年少时，我曾想过活到二十七八岁，到了三十岁就一死了结算了。可是快要三十岁时，又想至少要活到四十岁。后来步入四十，却仍然未死活着，连自己都觉得有点可悲。正如堀口大学君的随笔集《季节与诗心》中所叙，我也是在同样的感受中虚度时光延续生命。三十岁生日那天，想着青春已经逝去，懊悔浪费了人生却无法挽回，感受到纵然涕泪横流也无法表达的断肠悲哀，即便如此却也没有想到要自杀寻死。当时设想活到四十岁，到了被唤作中年大叔的时候，就干脆痛痛快快地一死罢了。可是转眼又过了四十岁，如今进入过五十岁大关的老年了。可是，五十岁这年纪，以前光想象就已经毛骨悚然，如要活到那把年纪，被人当作老人对待，以一脸凄惨丑态徘徊示人的话，真不如趁现在早一点死了更好。我发誓决不以这般老丑在世面人。话虽如此，等五十终于来临时，才发现仍然执着于生存，不愿意轻易寻死，连自己都觉得懦弱卑鄙之极。

我猜有这种想法的应该不只我和堀口君，这就是艺术家共通的特征吧。所谓“艺术家不分年龄”，是指艺术家在精神上永远年轻，但实际上对精神渴望永远年轻的人们，对肉体也怀有同样的奢望。那些以肉体和姿色美为财富的演员明星们，视衰老如噩梦，比一般世人更厌恶恐惧它乃人之常情。其实那种与这些毫不相关的文学家或诗人们恐惧衰老的心理，和这些演员们相差无几。故虽然人们对于芥川龙之介的自杀动机有多种猜测，但一个确切的说法是极度执着于美感的小说家也无时无刻不在意自己的容貌，故不愿暴露其衰老丑态，或说类似的理由是一个有力的动机。用不理解艺术家心理的一般世俗的眼光来看，或许会觉得文学家以这样的动机自杀是何等滑稽愚蠢，但从我们同行人的角度来看，却有一份同情亦深切理会那份痛心的感觉。希腊神话中的美少年纳喀索斯迷恋上镜中自己的青春美姿，如痴如醉眺望度日。艺术家这类人，原则上都有一种精神上的自恋。他们绝不会崇尚世间潮流，甚至有时会逆道而行，希望在他们心中的那面镜子里看到的自己是永远保持美少年的形象（正因如此，他们故意无视现实之镜，留着胡子、蓬头垢面不修边幅）。

其实，衰老也不是那么悲哀的事情。我最近才首次体会到，或许从另一种层面来看，年老比年轻时更快乐。回顾自身，年轻时的记忆中我从未真正感受过快乐。学生时代不断被考试炼狱煎熬，患上慢性神精衰弱，被父亲无休止地责备叱骂，被年长亲戚监管，被老师鞭策，无论精神或行动都毫无自由可言。最痛苦的是正直青春期，欲望旺盛，无暇顾及其他，激情烈火令人辗转反侧。那些青春时代的欲念完全无法找到发泄的途径。艺伎或卖春妇那里是绝对被禁止的，对像我这样经济上还需要依靠父母的人来讲，更没有去那种地方消费的余钱。那个年代的学生或年轻人，不仅没有模拟恋爱的女性朋友，更不用说跟良家小姐搭上话。为了分散这些毫无发泄途径的情欲，我们去牛肉店喝酒，拿起肉块向墙壁乱掷，吟一些胡乱写的诗歌，向着过往行人大吼大叫。并且，脑海里还有永远装不完的考试习作，被迫无穷无尽地学习。这样的青春时代可用“凄惨”来一语道尽。所谓“青春快活”之类的东西，对我们来讲只是一种表达方式，我们从未体验。

我第一次感受到些微人生快乐是在中年，四十岁左右时。大约那时候，我终于有微薄的稿费进账，可以离开父亲在东京买下一栋房子与妻子开始独立生活。那时候，我才第一次尝试到何谓“自由”。人生最初体验自由是小孩离开父母和长辈们的监督，从约束中获得解放独立开始生活之日。同时亦从那时候起，我了解到从精神上的牢狱解放出来获得自由以后，物质上的贫困等基本上不会给我带来什么压力。之后，直至年过五十的今日今时，领会到之前从未了解的人生深远情趣，体验在细味品尝那份情趣中享受平静生活的愉悦。当然也是因父亲去世获得一笔遗产后，感受到一些物质上的宽裕，但是最根本的原因还是精神上感受到的宽裕。年轻时思考人生总觉得困苦的原因不仅有物质上的不自由和行动上的束缚，关键是没有精神上的宽裕。他们若遇上什么想不通的事情，便变得像狂人般固执己见，沉沦于理想而忘记现实，最终招致身毁心亡，被逼得不是患了失心疯就是陷入自杀的绝境。正如诗人所歌，年轻时万物皆悲，生存本身已是不堪忍耐的痛苦。可是进入中年后，人们渐渐从这些症结中解脱出来，他们虽然并没有舍弃自己的主观想法，却能认同相对立的世界，从容客观地从一个旁观者的角度去看待人生的现实世态，渐渐从自己的生活中品味快乐。而且不论是谁，到了四五十岁的时候都自然会有一定的积蓄和社会地位，便更增添一些精神上的余裕，可以以悠闲的心态享受人生了。

我也是年过五十以后才体会到这种豁达的感觉，并且最轻松的是年轻时的那些强烈的性欲已经消逝。青春时期，每天都在焦热的地狱辗转反侧，终日闷闷不乐，可现在那可怕地狱已经消逝无踪。相反，开始将性欲视作调节生活气氛的一部分，可以客观地享受其中的乐趣。以前我一直不明白那些在茶座跟艺伎玩乐的中年男人的心情，怎么想都觉有点不可思议。但是现今，找个小姐斟斟酒，说些无聊的话，听听三味线琴，品味那所谓的“宴会席陪酒”的情调气氛，我渐渐清晰地了解了人们享受静静饮酒的心理。实际上这些中年人享乐的重点并非性欲的满足，而只是以性为基调形成的一种客观的气氛，然后充分享受那种气氛。因此，欲火难耐的青春时代，只会觉得类似茶座气氛的享乐毫无意义。可能年轻时的情欲就如战场上的士兵，类似于佛教中的饿鬼地狱吧。每次看到那些被汗水弄得油光发亮的黑脸，长着满脸粉刺的中学生们，就不禁回想起自己的过去，有种无法言喻的阴惨。我甚至怀疑假如魔鬼靡菲斯特重现，答应再给我一次青春，我是否会像浮士德般兴奋雀跃地扑过去。

可是，没有烦恼的反面常常是跟没有快乐相抵的。所谓上了年纪以后的人生快乐，从别的角度来看或许只是印证了暮色的寂寞。世上的中年人享受茶座玩乐的气氛，只不过是为了掩饰已经丧失的青春热情和喜悦的一种游戏而已。上了年纪以后最大的悲哀莫过于虽然拥有年轻时无法到手的那份自由和物质，却因为肉体的衰弱而无法感受情欲上的那种强烈快感。而更可悲的莫过于无法从异性身上获得真正的纯情之爱。八十岁的歌德向十八岁的少女求婚遭到拒绝后，他想起浮士德老博士，向天哭求魔鬼降临。功成名就的一代英雄、成功者们，即使老后有妻妾伴随左右，恐怕其心境仍然是无以填补的萧条和空虚。江户艺女虽身受百万石将领的宠爱，却选择了年轻的贫穷工匠，从一般常识来说可谓悲剧人物。但是将悲伤化成愤怒，杀死自己心爱女人的中年将军，在哲学意义上讲更是一个悲剧。

《圣经》记载上帝是为了人类而创造世界的，若真如此，人类应拥有向上帝诉说不平的权利。法国作家阿纳托·弗朗斯曾诉苦说："为何上帝不把人类的生态创造成跟昆虫一样。昆虫分幼虫、蛹、成虫三阶段。幼虫阶段为丑陋青虫，为了成长做准备只顾吸取营养，当养分充足后结茧化蛹，进入假死昏睡状态。但是醒来后它再也不是昔日的青虫，而是将化为美丽的蝴蝶，在花间飞舞，在春和日丽的时候终日为恋爱疯狂，欢乐至极后留下子孙最后死去。"如果人类也能如此的话，正如阿纳托·弗朗斯所言，确实极其理想。年轻时，我们必须学习积累。如果我们是幼虫的话，便不会被性欲冲动烦恼，可以专心为成长做准备，致力于学习知识和技能。完成准备后暂时变成蛹沉睡，当再次降临世界时已经是个拥有完美肉体和旺盛性欲的水灵灵的青春美男。那些以前学好的技术知识加上积累的丰富财产，令他可以随心所欲享受人生，最后留下大量的子孙后代安乐死去。

可惜，人类的生态顺序恰好相反。我们在青春时期必须在旺盛过度的性欲困扰中不休不眠地坚持学习。终于准备工作完毕成为一个堂堂成人拥有知识和财富时，却已经失去了青春的美貌和热情，如脱壳之蝉。以前明治时代的学生，把“少年易学老难成，一寸光阴不可轻”一诗写在洋灯罩上勉励自己发奋学习。但这些书生都面临着双重的悲哀。因为那句话中还隐含着青春快乐一去不返，不能虚度光阴，为老年生活留下悔恨——一种逆向论的哲学思想。

到底是西方人懂得享受人生的秘诀。他们的学生生活是一边学习知识学问，一边参加体育运动，享受音乐，跟异性跳舞、恋爱，在青春时代就已经充分享受。而今的日本学生吸收了西方的校园生活方式，但是以前的学生和年轻人的青春时代都受到禁止和压抑。自不必说封建时代，即使进入明治时期，日本年轻人“青春时光”的自由和乐趣仍然被完全掠夺，他们没有体育运动、跳舞、恋爱，除了妓女之外根本没有机会接触到其他异性。封建时期更是变本加厉，所有的青少年被教育，通过四书五经压抑他们所有青春的自然性，一切享乐都被视为恶事而遭到禁止、处罚。

不过，在这种教育环境中长大的日本人一生从未考虑过自己比西方人不幸。因为他们老来有妻儿照顾，可以坐在垫子上无任何身心苦恼，悠然自适地享受隐居生活。相反，西方人老后就变得十分凄凉。子女没有抚养父母的义务，社会无敬老思想，年老体衰失去生活能力的人们被家庭和社会完全视作废人对待。寂寞的老人们在养老院里玩着扑克牌，互相安慰，越看这些西方电影越深厚地感觉到西方国家的悲哀和无情。

总而言之，初好恶终，初恶善终。能够自始至终贯彻完美人生在西方社会不存在，在东方的道德社会亦不存在。老演员市村羽左卫门曾愤慨道：“明明上了年纪，没有比享受美食更愉悦的时候，却偏偏因牙掉齿落，渐渐美食也无法品尝，荒唐不荒唐？”欧洲文人弗朗斯也曾感叹《圣经》记载的上帝为了人类制造万物不过是以人类利己主义为前提的抱怨而已。归根结底，上帝从一开始就根本没有考虑过人类的幸福与不幸。万物玄牝的大自然之母，对一切放任自流。让生物每个个体和种族都得以保存并赐予生命的本能。不论勤劳工作或懒惰时我们都永远受到这条苛刻的鞭子鞭策。如佛陀和德国哲学家亚瑟·叔本华的教诲，宇宙乃无明暗夜，在无目的的生命意欲驱使下，重复着无限罪孽的连锁，无疑是一个悲叹烦恼的娑婆世界。要想从这个地狱解脱，只有加入寂灭为乐的涅槃境界才是唯一的出路。南无阿弥陀佛，南无阿弥陀佛，南无阿弥陀佛，口中反复念叨永无休止。

日本这个民族将这些佛教的根本原理在基因中很好地代代承袭下来。他们即使没有听过《徒然草》兼好法师的说法，但到我这般年纪之前就已经了解到出家悟道的重要性而致力修行，无形中自然有所领悟，变成容易断念的好人。幸好在我身边没有像俄罗斯文豪托尔斯泰或歌德那种人过中年仍执着于精神恋爱，或执迷于偏执的理想之人，因此如果像我这样已过初老之年仍保持不切实际的妄想和热情，恋恋不舍无法摆脱的男人，可能在日本人中属于另类，被认为是修行不足的蠢人。总之，我已经自觉修行不足，还没有达到足够的境界。

摘自《萩原朔太郎全集》

筑摩书房

1976年

译者　谢咏臻

我的父亲

堺利彦

堺利彦（1871—1933），号枯川，别名贝冢涉六。福冈县京都郡丰津村出生。日本社会主义者，思想家、历史家、著述家和小说家。虽然家境贫寒，堺利彦读书却非常用功，以中学第一名毕业后进入高中。曾做过英语教师、报刊记者、小说家等，1899 年进入万朝报社，之后与黑岩泪香、内村鉴三、幸德秋水等结成理想团主张社会主义。1910 年与大杉荣等设立日本第一家翻译公司卖文社。1922 年参加设立日本共产党并成为第一代委员长。九·一八事变时曾站在反战运动的先头，参加反战委员会后回家途中脑溢血发作，为反战战斗到最后。著作有《家庭的新风味》，与幸德秋水共同翻译《共产党宣言》等。

在我的记忆中父亲已经年过半百了，头发似乎也已经开始脱落。嘴上口口声声："没什么了不起，心境依旧！"似乎还很年轻，但在我看来他已经是个老人了。他的名字叫堺得司。

父亲的脸上有很多痘疮的遗痕，即所谓的麻子。他容貌寻常，可以算比较有风度。他体格矮小且有点消瘦。作为武士，相比剑术他似乎更擅长柔术，还似乎会点弓道。他因哮喘休养了很长一段时间，上了年纪以后才完全治愈。鉴于这样的体质，他不太干力气活，但因生来手巧，常常在家做一些木工活。木工的道具基本上应有尽有，做点吊板儿啊房檐什么的，也不用麻烦别人，自己就手脚麻利地解决了。

父亲不是一个有学问的人，应该念过一点四书吧，但从未听他讲过汉学或国学①。不过他很热心于俳句②，后来还被容许"立机"③成为竹庵眠云宗匠的师傅。

他还专门从东京订购了《风俗文选》等书籍，写了一些俳句，也下围棋，还插点花什么的，我无形中也在这些方面受他的影响。其实，他也没有怎么对我传授过插花的技巧，倒是听他说过"远州流似乎过于工整，不

① 江户时代兴起的日本古典学。——译者注

② 由五、七、五共十七个音节组成的短诗。——译者注

③ 即和歌、俳句、茶道等的师傅。——译者注

太喜欢，还是我们池坊的那种没有故作姿态的好”，等等。这些似乎都成为我处世的规诫。记得有关围棋发生过一件有趣的事情。父亲第一次将围棋搬到家里时，说是受人之托保管的，不过我们从某个时候开始就明白那绝不是代人保管的东西了。大概是父亲觉得没有完全满足我们买书的愿望，在自己的娱乐上花销有些过意不去吧。我从未提过这件事，反倒对父亲的这种顾忌怀有某种好感。父亲有“新雨初霁土芬芳”的俳句。这是对丰津生活的实景写照。第一次听到这句词时，我也不禁莞尔一笑。丰津平原傍晚经常有阵雨。夏季午后，每天阵雨都定时沙沙地到来，实在令人爽快。阵雨来时，那大粒大粒的水珠啪啦啪啦地打在地上，凉气四起，喷地一下，泥土的气息也直扑鼻尖。“簪尖探雪深”这样的俳句对我的童心来讲并没有别样的艳丽风景，仅仅作为眼前的实景去感受罢了。还记得有“暮年仍欲共赏花”“试问菜花昔日事，缥缈海上虚无间”“春风满目柳野原”等，按流派来讲算是美浓派、支考派，但父亲的主张是“我喜欢新颖的句子”。其实新颖就是奇特的意思。还记得后来有一次，被父亲用俳句骂了。那句“揽镜审颜送流年”着实让我吓了一跳。

后来，当我第一次看到古人的“月映松影草席间”时，我不禁在心里鼓掌称妙，原来如此。过去在丰津家的确有过这样的风景。那时候，熄灯沉醉于月影间的那种情趣，也是耳濡目染自然而然地从父亲那里培养出来的。

不过，父亲最拿手的应该是种植蔬菜了。当我追忆起少年时代的父亲时，每每浮现的就是他坐在被炉前或摆弄着庄稼的样子。特别是围着越中兜裆布，将前筐摆成三角形，光着身子站在菜园里的身姿，至今仍然清晰地浮现在我的脑海里。

父亲和每五日左右来帮一次忙的一个叫小六的年轻百姓男子一起种植了各种蔬菜。萝卜、樱桃萝卜、芜菜、红薯、芋头、豌豆、蚕豆、红豆、豇豆、黄豆、刀豆，应有尽有。茄子、南瓜、胡萝卜、牛蒡、瓜、黄瓜等自不用说，还有峰斗菜、蘘荷，加上玉米、青葱、莴笋、藠头，等等。

其中，西瓜是父亲的骄傲。那大大圆圆的东西，或青或白，清晨在田里闪烁着露珠时，我常常跟着父亲去田里查看。从秧苗开始到落花时节，眼看着费尽心思种植的庄稼日日长大，终于长到了超过一贯[①]重，父亲高兴得合不上嘴也属难免。对我来讲，从捉虫的时候开始就给父亲做帮手，自然也感觉有分享丰收成果荣耀的权

① 一贯等于 3.75 公斤。——译者注

利。捉虫的时候，在黏土里兑上水弄得黏黏糊糊后放在碗里，只要发现叶子或嫩芽上有黑色的小虫子，就用黏着黏糊东西的筷子尖小心翼翼地尽量不伤着秧苗，轻轻地将虫子取下来。花落时节，就用木片当告示牌在上面记上几月几日，大约多少日，这样即使忘记了，也可以知道成熟的日期。父亲歪着头用指甲尖弹着植物，如果是砰砰当当的声音的话，证明还为时尚早。“恐怕后天或大后天吧！”父亲每天敲弹着，开始传出咚咚声音的时候，就意味着到了收获的时节。大多数情况下我的主张会应着父亲的意见延长一二日。麻烦的是，何时能进嘴就没有那么容易决定了。明天吧！后天吧！每天都吃一样的东西对身体不好等，父母的意见总是阻碍我们希望当机立断的愿望。等终于定下日子后，那天一大早或前晚就把西瓜用细绳绑起来放到井里，到下午我们从学校回来时，冰凉的西瓜已经从井里提出来了，母亲用菜刀切成两大块。嘶啦嘶啦的声响中，菜刀切剖开西瓜躯体的时候，我们都憋着气紧盯着想要知道它究竟到底是否是红色的。“噢！红色！”母亲首先发出希望的欢呼声。等西瓜的躯体沙沙、嘶啦地变成两个半球时，父亲会发出“嗬，太好了”的欢呼感叹声。这时候，半球将再被分成两半，沙沙，不断切开的红色小山，我们谁也不吭声，只是立即默默地啃起西瓜来。唯一无法忍受的就是父母每次总是谨慎过度，说是为了防止腹泻从来不让我们吃个痛快。

说起西瓜来，还有一件趣事。我们家邻居，说是邻居，其实是松山背后的山间小道约 20 间[①]左右的中村家，不知为何他们不种西瓜。“那家媳妇那么喜欢西瓜却从来未尝过西瓜的滋味，太可怜了！”母亲这么说着，有一次切西瓜的时候把她叫来了。那媳妇当然满心欢喜狠狠地吃了一顿回去。没想到，那媳妇临近产期，当晚突然就开始阵痛。吓得我们一家忧心忡忡，担心会不会是吃西瓜中了标，万一那样就太对不住人家了。早知道不该多管闲事！母亲不断地唠叨着，担心得一直在那里念叨。最终无事，生了一个乖女儿，西瓜反而立了功。

父亲不光种菜，还在院子里种植竹林、果树、鲜花、结枝等，订立了各种计划，还种了一些茶树、烟草。还有过弄莲池的计划，最终未能实现。稀奇的应该算是土常山树和黄瑞香树了。桑树的故事就以后另设篇幅了。

父亲喜好烟草，也爱喝酒。晚酌就一合[②]，一边嚼着裹有味噌酱的莴苣，自酌自饮地慢慢享受似乎是他最大的乐趣。

没有下饭菜或酒肴的时候，他就把嵌条贝或其他什

---

① 日本建筑柱子和柱子的间距，1 间约 1.82 米。——译者注

② 容量单位，中国的一升的十分之一。——译者注

么里面加点泡饭素，再撒点干制鲣鱼皮一起煮。这是他的发明，美名曰：煮茎。他总是念叨着“即使是咸菜，这样煮了大家都喜欢，这不是煮茎啊，这是煮物料理”等，逗着大家乐。

父亲是一个忠实、正直、认真谨慎的人，更多的时候是一个快活的人，不过也有遇上什么事情流露出非常不痛快的时候。我曾经有两次意外被他训斥。那是我看见长我两岁的富裕家孩子作的诗，也想模仿，好像是嚷着要买相关的杂志还是什么的，被狠狠地训斥说要是想学那样的东西，干脆和那种朋友断交。对我来讲要是说没有钱不能给我买的话，我是毫无怨言的，可是要我和朋友断交这一点我就无法接受了。不过，父亲之后却拜托去东京的兄弟帮我订购了《作诗自在》的小册子。还有一件事情不记得是否是这个事件的延续，那次被父亲狠狠地刮了一耳光。我可能是说了过于恶劣的话吧，又懊悔又惭愧，记得哭泣了好长时间。这些事情成为我一生不愉快的记忆。

此外，我对父亲还怀有一些令人啼笑皆非的不满。我喜欢狗，每每在途中遇上狗，就会吹吹口哨啊，摸摸狗的头啊，一会儿就混熟了，最终带回家。但好不容易带回家的伙伴，我却不能给它们一点甜头。对我来讲哪怕是喂一个饼子，一团饭也行，这种事情实在让人忍无可忍。可是这些都是父亲禁止的。按他的说法是一旦养成这样的习惯，变成家狗就麻烦了。对于我们这样的贫困士族家庭来讲，一条狗的食料无疑也是负担。自然我也明白其中的缘由，从来不提要养狗，自然也从来不会说要给它们喂饭。

于是，我和父亲之间制定了一个君子协定。有狗做客时可以喂它们一把米糠。没想到，就连这个父亲也不太高兴。可能父亲并不是吝啬那把米糠，或许是担忧我沉溺于对狗的宠爱吧！其实，父亲对每日晚餐时定时必来的邻居家的狗也是说着“嘿、嘿”就扔个沙丁鱼头给它的。不过，我也深刻感受过父亲宽厚的一面。有一次，东京的亲戚寄来了一盒“鹤之子”的上好点心。我尝了一个，感觉实在美味可口。之后食欲难忍却没法得到，父亲说那么高级的点心不能那么轻易就吃掉，就放到房间的高台上去了。

之后，不记得是过了几天，父母都出门的时候，我一个人在家留守就起了邪念，取来梯凳从高台上取了“鹤之子”。当然只是一个。以为会被发现，一直观察大人的表情，却谁也没有提。之后再有机会的时候，再偷一个。最终三个、四个、五个。应该被发现也不足为奇了，即便上了年纪糊涂，缺了五个还是应该发现的啊！怎么办！怎么办！就这样惴惴不安地一天天过去，结果谁也没有提到这件事。就因为这事，我开始觉得上了年纪的人都是老糊涂，直到好长一段时间以后才明白这纯属自己的浅薄之见。回想起来冷汗涔涔，不过这都是父母去世之后的事情了。

我曾经从父亲的抽屉里偷过一元的纸币。那时候的一元至少价值现在的十元，对小孩来说算一大笔钱了。我拿着它立即到镇上去，在一个叫新店的商店买了很多宣纸和白纸，当然说很多也不过五钱或十钱左右罢了，并且因为商店没有零钱找，我没付款就回家了。其实当时买宣纸和白纸主要是想模仿画一些文人风格的书画。但两三日后某一天，母亲就带着我到后院去散步。凭我的直觉已经知道母亲有什么想跟我说，开始惶惶不安起来。但母亲一副平生最温和的态度。我们走到竹丛旁边的梨树下时，母亲终于开口说道:“利，你不会是……”“该来的来了！”我心里想着。可是，母亲却非常温柔地，非常顾忌地只是重复着“你不会……”“不会是你……如果是那样也没有办法，一定不责怪你，只要你老实地告诉我。”我感觉惭愧不已，二话不说，一一招供。父亲对这件事却从来没有提过一个字。

我还要坦白一件偷窃的事情。当时，在锦町的一家零星杂货店，我装着在别人旁边玩耍的样子偷了一副放大镜。用那东西一照，无论什么东西都美妙地变大，让人着迷。但是拥有这么一个宝贝，既无法在朋友面前炫耀，又没法和大家一起享受，着实让人遗憾，同时还有提心吊胆不知何时会暴露的恐怖，渐渐我开始觉得拥有的是一份累赘，终日惶恐不安不知如何是好。中途，也闪过干脆把东西还回去的念头，但如何将东西还原又让人毫不察觉也是一件难事。如此日复一日，终于有一天在某个地方丢失了那个放大镜，我心里的石头才放了下来。

摘自《堺利彦传》

中公文库、中央公论社

1978 年 4 月

译者　吉田庆子

某位母亲的故事

渡部温

渡部温（1837—1898），活跃于江户时代末期至明治时代的日本翻译家、教育家和实业家。

一

母女相依为命生活。

因有不愁温饱的财产，母亲一个人把女儿细心慈爱地养育长大，女儿也充分地享受着这份母爱。

即便如此，女儿成人，有时候也自然而然地对早年去世且幼时记忆中毫无印象的父亲萌生各种想象。

“智子的父亲是这么出色的人哟！”

母亲给女儿看着旧照片说道。

褪色变黄的照片上是一位额头宽宽、眉清目秀的年轻人。

"真的，真的好帅啊。那时候母亲一定很幸福吧？"

"那当然，当时啊……"

"回想起来有没有伤心的时候？"

"已经去世近二十年了，照片上的年轻人看起来仿佛像自己的儿子一样了……"

母亲如此说笑着。但在女儿眼里，一刹那隐约可见母亲那张年轻的带着酒窝的脸庞闪过一丝如羞怯少女般的灿烂。

"那倒是，连我都觉得这么年轻的父亲是有点怪怪的感觉。"

"或许，做你的丈夫还比较合适……"

"您说什么呢，母亲。不过为何母亲没有再嫁呢？"

"为什么？没法忘记你的父亲是一个原因，女人过度伤心一次以后，或许都会变得怯懦吧。"

"一定很孤独吧？"

"嗯，有一段时间。不过很快你就让我忘记了那些悲伤……"

母亲细弱的声音似乎隐含着丝丝疲惫。

母亲年轻时一定比自己漂亮。每想起母亲那么年纪轻轻就被青春抛弃的命运，女儿就感觉有一种揪心的痛楚。

二

那年春天，智子从女子学校高等科毕业后，无须急着结婚，闲待在家里似乎也无聊，就抱着挣点零花钱的心态在城里的一个贸易公司就职了。

如朝雾中盛开的花朵般的身影，自然吸引了众多男子的眼球。智子是一位聪明的女性，总是巧妙慎重地应付过去。

就在那年初夏的时候，智子去办公大楼的地下餐厅吃午餐。因为那个餐厅总是熙熙攘攘，所以她平时大多去外边，那天因工作时间紧凑没有时间外出了。

终于在边角上找到一个空着的桌子，就要了一个三明治和玉米炖菜。没想到三明治还没吃到一半，桌子对面的座位就又来了一个客人。

“三明治加玉米炖菜！快点！”客人对服务员吩咐道。

智子抬头看了看跟自己点同样菜的客人。蓝色的工作服的胸口露出没有戴领带的白色衬衣，一位体格健壮的好青年。年轻人似乎想着心事，注意力并不在食物上，呆望着智子盘子里的食物。当他的眼神撞上那大眼明眸中的恍惚时，智子一下子显得有些不知所措。

年轻人似乎也注意到了眼前这位美丽的姑娘，赶紧移开了视线。

啊？智子忽然觉得似乎在哪里见过这种柔和的眼

神。恍然间，去世父亲的照片上的眼神浮现出来。

啊！还有那宽宽的额头也很像，双肩似乎更宽一些……不过，父亲英年夭折，不会有这么健壮吧。

姑娘也意识到长时间凝视着一位素不相识的年轻男子非常失礼，慌忙吃完离开了餐桌。晚上回家跟母亲聊起了这件事。

“漂亮的男子说不定都像你父亲吧。”母亲听着女儿的夸大言辞，笑着说道，“或许，你心里已经喜欢上他了。如果喜欢上一个人，怎么看都会觉得不错的……但你父亲可不是那种追逐年轻姑娘的人。”

“哎呀，凑巧点了同样的东西，就说人家是在追逐。母亲真是太世故了。没关系，我不会让母亲担心的。”

女儿的口气中有一种平时没有的欢快。

第二天出勤时，智子在公司门口又遇上那位年轻人。年轻人刚好从隔着走廊斜对面的汽车公司办公室走出来。二人相视时年轻人赶紧避开了眼神，露出一副似乎生气的生硬表情往大门方向走去。

这位年轻人可能早就在这个汽车公司工作，以前虽然碰过面，只是智子自己从未在意过任何男性职员，可能没有注意到。

之后，她开始经常留意那位年轻人的身影。渐渐了解到他是那个汽车公司的技术员，叫浅原礼介，在汽车发动机方面完成了一个什么新发明，很受公司的重视。

那天是立夏后第一次傍晚下大雨，恰好是下班时间，因没带雨具，智子只好留在办公室一边继续做点剩余的工作，一边等雨停。没想到，天都黑了雨势似乎也没有减弱的样子；等得不耐烦跑到大门口去看了一下，本想如果拦到过路的出租车也行，没想到过了下班的时间以后，路上几乎没有汽车通过。往附近的汽车房打电话也无人应接。

智子迷惘地望着青白色的路灯下散发着银光的雨丝。

这时候，她突然听到背后传来脚步声，原来是浅原出来了。浅原瞥了一眼孤零零地望着滂沱大雨发呆的智子，一瞬间似乎犹豫了一下，他停住脚步望着黑暗的天空，竖起衣领横穿人行道，打开车门，坐进停在马路对面的小型双座汽车里。其实，智子刚才就注意到了那辆汽车，没想到是浅原的。

透过玻璃车窗，浅原用炽热的眼神凝视着智子。

（他说不定会送我……）

智子心里燃起了一种期待，肩膀紧缩了一下。

没想到，浅原的汽车却在轻微的发动机声中飘然滑出，然后扔下可怜的智子瞬息间消逝在茶褐色尾灯映射的雨夜中。智子感受到一种无法用苦笑掩饰的期待落空后的惆怅。一个人孤零零地伫立在寂静飘雨的昏暗商业街上，似乎自己也觉察到了那份凄凉。

终于，智子下决心冒雨走到大道上去，她正要提起裙子迈向铺石路的时候，突然前方的街角灯光像被折断似的，一辆汽车在雨中溅起飞沫飞驰而来。智子将刚伸出去的脚悬在空中，想确认显示灯是否是“无人”的标志，汽车却在她身边悄然停住，可没有“无人”的显示灯啊。

这时候，车门打开，司机下车殷勤地对智子说道：

“让您久等了！”

“啊？”智子吓了一跳。

“我是出租车。刚才在大道上一位开着小汽车的绅士帮您预定的。应该是您吧？”

智子终于明白过来。

“对，是的，是我。辛苦你了！”

当智子将身体融进草色天鹅绒的靠垫时，轻轻地松了一口气。同时，一种未曾有过的明朗和欢喜伴随着滑稽的感觉一起涌上心头，一个人不自觉地哧哧笑出声来。

到达郊外的家门口她正准备付钱，司机却说浅原已经预先支付了。

三

秋天到了。

当母亲从智子口中突然听到女儿已经与浅原定了婚约时，着实吃了一惊。虽说在恋爱方面她充分信任女儿的聪明和深思熟虑的性格，不用多担忧，但对曾有过不幸经历的母亲来说，到底觉得放心不下。

“总之先见一面吧。母亲也肯定会满意的。”

“那当然了，你觉得不错的人选，一定不会错。不过，难以想象前不久才那么调皮让我为难的孩子，一下子就要出嫁了。结婚生子，那我就要当祖母了，真有意思！”

母亲像在叹息似的笑了起来。平时非常孩子气的眼眸里隐藏着一丝忧郁。

（这么长时间，母亲和我相互依靠，这下我的感情有一半将被一位素不相识的人夺走，母亲一定是觉得寂寞吧……）

智子不是不理解母亲的心情。但也找不到任何理由来扭曲她的新爱。

这样某一天周六傍晚，智子第一次邀请浅原来家吃晚餐，与母亲见面。当然，像浅原这样的青年，肯定在谁的眼中都会被视为好女婿的。

没想到……

本来与恋人和慈爱的母亲并排坐着处于幸福顶端的智子，却因为母亲忧郁的神色加深而忧心忡忡。

“母亲，你不觉得他和爸爸很像吗？”智子问母亲。

“真的，真是一模一样。”

母亲的回应中含有几分空虚的回音。

“母亲，你也好好享受享受回忆！”

“真的那么像吗？”

浅原害羞地摸着下巴说道。

“女儿已经告诉我很多，听说你父亲已经去世了。”

“嗯，我中学毕业那年，已经九年了。在美国去世的。”

“唷，在美国啊？”

“对，这件事没有必要说……我也不太想提起，所以一直没有告诉智子。”

“你父亲原本就姓浅原吗？”

“不，浅原是我母亲的姓，父亲姓松冈，是招婿来的。”

“松冈？”

智子母亲的咽喉痉挛起来。

“您知道吗？”浅原吃惊地问。

“不，不……那么，你也是在美国长大的吗？”

“对，出生在那边。不过，上小学的时候就依着母亲这边祖父母的意见和母亲一起回国了，之后一直在母亲的娘家长大。父亲不论怎么劝都不愿意回来。”

“为什么？”

“不知道……”

……

智子这时候才发现母亲的脸色已经苍白如纸。

“母亲，您是不是不舒服啊？”

一边说着，她一边握住母亲的手，母亲满手冷汗还颤抖着。

“只是有点头疼，我去休息一下吧。”

母亲向浅原微微点头，靠着女儿的肩头踉踉跄跄地走出去了。

智子一个人回房时，浅原下决心似的问道：

“智子，请把你父亲的照片给我看看！”

智子立即去取来相册。带着一种不祥的预感，她哆嗦着指着相册上的那个人。

“啊啊……”

看着智子指着的照片上的那个人，浅原尖叫起来。

“那是我的父亲！不，至少照片上的那个人是的。我家也有同样的照片……”

“怎么可能呢！”

智子感觉一下子被扔进一个无底的深渊，只觉得头晕目眩。

一对恋人有同一个父亲，没有比这更悲惨的爱情破裂方式了。

年轻人留下因绝望而近乎失去知觉、伏在榻榻米上的智子，逃也似的跑出门外。

四

第二天一早，天还没亮，浅原再次来访。智子哭泣着彻夜未眠。

“怎么想也不符合情理。”浅原惨白的嘴唇颤抖着，急切地说道，“我父亲在你出生的五六年前已经渡美，其间从未回国。我问过了母亲和其他人，似乎的确是事实……必须向你母亲问清真相。你母亲在哪里？”

“母亲昨晚上楼后就一直没有下来。”

“一直？！”浅原似乎大吃一惊，“得马上见见她！”

浅原抓住智子的手腕冲上楼去。刚到走廊就闻到强烈的煤气臭味。睡房门上着锁（房子刚好是郊外坚固的日西折衷式建筑）。

浅原用他那岩石般的身体撞开门冲进去一看，煤气暖炉的煤气栓开着，智子的母亲像白蜡般已经冰凉地倒在床上。枕边放着书简，上面东倒西歪地写着“致智子”。

你和礼介绝对不是兄妹，放心和他结婚吧。总之，那张照片上的人是你父亲等全是假话。……并且，我和那个人结过婚的事儿也是谎话。不过我们……我和松冈在乡里时就已经许嫁了。虽然那时候我还是一个懵懵懂懂的小孩儿，却一直坚信这一辈子除他之外绝无第二人可以委身。他也比任何人都爱护我。

松冈大学毕业后渡美。说是一年或两年，却一去三年五年都没有回来。即使这样我也对他奉献了我坚贞的爱情。之后，听谣传说他似乎已经在美国结婚。周围的人也开始劝我放弃对他的感情。

但是，我依然一如既往地像皮尔·金特等待索尔维格一样，坚信无论多么寂寞总有一天他会回来，虽然毫无结果，却一直等待着。

后来，父母也相继去世，真的就剩下我孤身度日。因为过于寂寞，刚好知道有一位贫困老师家里生了第七个孩子没法养育，就作为养女收养了。

那个婴儿就是你。后来，我带着你离开烦琐口杂的农村来到都市生活。

随着你逐渐长大，在让你相信那个人就是你父亲的过程中，渐渐我也开始在梦幻与错觉中努力寻求自我安慰。这样十年十五年过去，对你的爱也让我放弃了对他的思慕……

没想到，你居然要和他的儿子结婚，真是一桩太不可思议的姻缘。我相信我的不幸会换取上帝对你爱情的恩惠。

至于我的离开，也许你会觉得我没有必要选择这样的绝路，那个人已经去世，一切都真相大白以后，我与你也应该回归路人。我已经累了，疲惫于忍耐年迈后无尽的寂寞和在寥寥无几的期待中继续延续生命。

一定要过得比谁都幸福!

一生招人怜爱的处女母亲!

智子相信了书信中的一切。

望着二十年养育自己的母亲那慈爱、纯洁如童女般的容颜,智子泪如泉涌,久久无法释怀。

摘自《朝日》

1929 年 10 月

译者 吉田庆子

风博士

坂口安吾

坂口安吾（1906—1955），日本小说家、评论家、随笔家。本名坂口炳五，生于新潟县，东洋大学文学部印度哲学科毕业。早年性格叛逆，嗜读讽刺喜剧及巴尔扎克、谷崎润一郎、爱伦·坡、波德莱尔等名家作品。1931 年他以《风博士》一文跃上文坛，作品多呈戏谑及反叛色彩。二战后发表的《堕落论》和《白痴》使他成为时代的宠儿，与太宰治、织田作之助、石川淳等被称为无赖派、新剧作派的代表。

诸君是否知晓东京市某街道某番地风博士的府邸？不知道。那还真是遗憾。那么诸君是否知晓伟大的风博士呢？不知道。呜呼。那么诸君只发现了遗书，连风博士遗体消失的事情也不知晓吧？哀哉。那么诸君更无从知晓我因受警察怀疑而遇到的一些不同寻常的难事吧？但是警察是知道的。根据警方的推测，他们认为是伟大的风博士与在下共同捏造了遗书，伪装成自杀，处心积虑地策划了一个他所憎恨的章鱼博士名誉受损的案件。诸位，这显然是一个误解。何出此言呢？是因为伟大的风博士是自杀而死的。果真是自杀吗？当然是，因为伟大的风博士失踪了。诸位这样轻率地怀疑真理真的好吗？何出此言呢？一定是因为他给诸位的人生带来了这样或那样的不幸，因为真理具备值得让人相信的特质，所以各位必须相信伟大的风博士已经死了。那么诸君，应该憎恨的章鱼博士。啊！诸位不知道那位让人憎恨的章鱼博士吧？不知道。呜呼，那真是太遗憾了。那么诸君，先看看令人悲痛欲绝的风博士的遗书吧！

风博士的遗书

诸位，他秃顶了。的确，他是秃头。除了秃头以外，都断然不应该是这样的。他用假发隐藏了他秃头的事实。啊，这是何等滑稽！是啊，何等滑稽。啊啊，何等滑稽。假如各位，想象一下强制薅掉他的头发，对着他的假发来个致命一击，突如其来的一击之后诸位肯定要气绝身亡吧！是的，诸位不可能遭遇气绝身亡以外的任何事情。也就是说，诸位会被一个无法名状的猥琐无毛赤突体吓得魂飞魄散。异样的臭气一定会给诸位的人生带来永不消失的叹息。毫无忌惮地说，他就是令人憎恶的章鱼。戴着人类的假面，将一切诡计隐藏在门后的只有他，只有章鱼。

诸位，请你们停止指责我在诽谤，我对着真理发誓，他真的是秃头。如果你们还要继续怀疑的话，去问问巴黎府蒙马特三番地的澳布先生。他已经不记得48年前有两位日本留学生买过假发的事情。其中一个人秃着脑袋，大腹便便，生着一副猪仔般的愚昧相，他的朋友是一位黑发明眸的美少年，那位黑发明眸的朋友正是我。看吧，诸君，实际上他48年前就已经谢顶了。呜呼，这岂不是令人感慨万分吗！高尚如柏树的诸君，为什么诸君不祈祷让他这样丑陋卑劣的人深埋地下呢？他企图用假发来欺瞒他秃头的事实。

诸位，他是我憎恶的论敌。仅仅只是论敌吗？非也非也非也。一千遍非也。在我生活中他就是我应当极度憎恨的死敌。实在应该憎恨吗？是的，就应该憎恨！诸君，首先他真的是浅薄至极。假如诸君，学识渊博如世界地图般广阔的诸君，你们能容忍学识深远的章鱼存在吗？非也非也非也，一万遍非也。我在此就不公布他不学无术的事实了。

诸位知道一个叫巴斯克的南欧小部落吗？如果诸位迷失在法国和西班牙两国交界处的比利牛斯山脉，就有可能偶遇散落在山中的巴克斯部落。这个珍奇的部落，与整个西欧隔绝了关系，人种、风俗和语言都没有关联，只有将地球翻转半圈，到最东边的日本才能找到明显的相似点。要是本人没有完成研究，一定会成为地球上的怪谈，让诸君胆战心惊。但是请诸君放心吧，我的研究已经完成，为世界和平做出了伟大的贡献。看看吧，源义经变成了成吉思汗。成吉思汗的大军西征了欧洲，直到西班牙才失去消息。是的，源义经及其党羽在比利牛斯山脉气候最温和的地方老后归隐山林，这也是巴斯克地区开辟的历史。然而，傲慢无礼的章鱼博士桀骜不驯，他竟然对我的伟大业绩持有异议。他说，蒙古对欧洲的征伐是成吉思汗的后人元太宗的事迹，也就相当于成吉思汗死后十年的时期。这是何其愚蠢浅薄的见识。在那段失去的历史中，仅仅十年算什么！这实在是对历史玄妙的冒犯与亵渎。

可是诸君，在此列举他的不道德并非我的本意。何出此言呢？因为他异想天开的犯罪行为是一般有识之士用常识无法预想的，反倒会变成我的诬告，让我深感遗憾。比如，近来在我家门口扔香蕉皮企图杀害我，一定也是他的伎俩。幸亏只造成我腿部以及肩胛骨挫伤，并没有造成脑震荡，但是对于我的控诉，世人却将我痛骂了一通。诸君能体谅到当时我有多么的悲痛欲绝吗?

贤明公正如太平洋的诸君，难道你们还能对这桩悲痛的事情置之不理吗？他竟然与我的妻子私通！然而诸君啊，明察秋毫如触须的诸君，我的妻子秀丽端庄如高山植物，且不是一般的植物！然而诸君，沉着冷静如电风扇可降温三度的诸君，那个令人憎恨的章鱼博士居然将我那么可爱的妻子夺走了！为何如此说呢？唉，诸君永远为章鱼这种动物战栗吧，我的妻子是巴斯克地区出身的女子。她帮助了我的研究，无疑是一位品德高尚的人。章鱼博士就是看上了这一点。哎，智者千虑必有一失。是的，智者千虑必有一失。我居然忘记将章鱼博士秃顶的秘密告诉妻子。就这样，不幸的她最终还是落入了章鱼博士设计的圈套。

诸君，在此我终于愤然而起了，打倒章鱼！埋葬章鱼博士！是的，征讨章鱼，这个令人憎恶的缺德家伙！是的，是的。故而我日思夜想研究了对策。诸君已经明白正面攻击难以对付他狡猾多端的诡计。何况如今，唯一的对策只剩下把他揪到桌面上来了。是的，这是唯一的计策。故而，我下定决心，用打猎的帽子将脸隐藏起来，趁着夜色潜入他的府邸。经过漫漫长夜，我几乎将所有研究开锁的书籍都通读了，因此，我成功地像空气般侵入了他的寝室。然后，我毫不犹豫地将他厌恶至极的假发收入囊中。诸君，当看到眼前那个无毛赤色的怪物时，我真的是百感交集，无法抑制如涌泉的泪水。诸君，可以想象明日黎明那个令人憎恶的章鱼的真面目将会暴露无遗了！我将假发隐藏在我血脉贲张的胸前，再次如魅影一般溜出章鱼的府邸。

然而，诸君，呜呼，诸君，哀哉，诸君，我铩羽而归。所谓罪恶之神原来就是如此。哎，章鱼简直是恶人中的歹徒，又有谁能够预测他居然如此深谋远虑呢？第二天，他的秃顶再次隐藏在别的假发下面。实际上诸君，没想到他秘密藏匿了其他的假发。我输了！山穷水尽了！我明白用尽全力还是敌不过他的阴谋诡计。诸位，有谁能好好地教训教训这只章鱼。埋葬了章鱼博士！把他从地球上抹杀掉。诸君难道不是热爱正义的吗？唉，已经到了万不得已的时候了。再见，我决心消失了。啊，多么悲凉！

诸位看了伟大的风博士留下的遗书，心中会涌起多么深刻的感慨呢，又会燃烧起多么猛烈的愤怒呢？在下能感同身受。伟大的风博士就这样自杀身亡了。是的，伟大的风博士真的死了。以一种令人难以理解的方法，一种连尸体都不留下的方法。正因如此，有一部分人觉得可疑。唉，在下实在深表遗憾。因为在下作为唯一的目击者，愿毫无保留地阐述风博士临终前所有细节。

伟大的风博士是一位极其粗心大意的人。譬如现在，假设他正坐在朝房间西南端的长椅上聚精会神地看着书，然而下一瞬间，伟大的风博士就会坐在东北端有扶手的椅子下慌里慌张地翻书。又譬如，伟大的风博士在喝水的时候，突然把杯子吞下去了。诸位遇上这种情况时，一定会伴随着对粗心的后悔并且带着一种像黄昏般的沉默认同他宅在书房了。因此，这种粗心的风潮，感化了这个房间的所有物品。譬如，时钟会慌慌张张地敲十三下；彬彬有礼的来客扭扭捏捏地不肯坐下的时候，椅子会暴怒地发出强烈的鸣叫声；物体描绘出的阴影会突然朝太阳跑去。所有这些狼狈都与画着直线性的强风交错，这些强风在房间里如同几支飞舞的箭一般，在空中闪耀着光芒，在那里大呼小叫。偶尔房间中央会刮起一阵龙卷风，他自己也手忙脚乱地滚滚涌出。刹那间，伟大的风博士被龙卷风包围，边挥舞着拳头边在空中翻跟头。

话说回来，案件发生当天，在下恰逢负责伟大的风博士的结婚典礼。新娘是正值青春十七岁美貌如花的少女。到底是伟大的博士，看上她可谓伟大的见识。何出此言呢？因为当时她在街头卖花，卖了三天，一枝也没有卖出去，即便这样，她仍然有时看云，有时欣赏霓虹灯，流露出一种对自己悲剧的无知。如此看来，没法找到比她更匹配伟大的博士以及伟大的博士所描绘的旋风少女了。在下祝福这幸福的结婚仪式，并许诺会担任牧师一职，同时也担任上菜的侍者。在下在自己的书房里制作了祭坛，与新娘面对面端坐着等待伟大的风博士的到来。一直等到拂晓来临。到底是博士的新娘，没有什么令人讶异的轻率举动，但我心里隐隐约约感觉不安。也许伟大的风博士弄错了，申请与别的人结了婚。如果那样该有多么丢人现眼，说不定地球一面会刮起慌乱不堪的旋风。我一面向新娘陈述理由，一面催促汽车赶到恩师的书房。接下来我便安下心来了。因为那时候，伟大的风博士正坐在西南端的长椅上不知疲倦贪婪地看着书呢。并且，看得出来他一定是刚刚从东北端有扶手的椅子上挪过来的，证据就是一阵风突如其来从东北方向吹来，拂过房间的西南端，形成很多扎眼的箭的痕迹，正在四处飞舞着。

“先生，您约定的时间已经过了。”

我为了不惊动伟大的风博士，尽量用一种严肃沉静的声音来向他描述这件事，但实际上已经足够使伟大的风博士吃惊。因为此时伟大的风博士身着一件褪了色的燕尾服，膝头上放着一顶丝绸的帽子，还在胸前的纽扣上别了一朵特别漂亮的郁金香。也就是说伟大的风博士一定从心底深深地期待着这场婚礼，同时也深深地忘记了这场婚礼。

“砰砰砰！”

伟大的风博士重新戴上了那顶丝绸帽子，几秒间他带着怀疑的眼神凝视着我的脸庞，然后显然回忆起他确实忘记了结婚这件事情，脸上浮现出深沉的动容。

“嗒嗒嗒嗒嗒！”

下一瞬间，我只听到一声刺耳的尖叫声，伟大的风博士的身影就从被踢开的门对侧消失了。我大吃一惊，赶紧跟着追了出去。奇迹恰好就发生在这一瞬间。伟大的风博士的身影突然之间消失得无影无踪。

诸位，房门没有打开过的痕迹，人是绝对没法进出的，因此伟大的风博士一定没有出去。然而，伟大的风博士并不在屋内。我站在楼梯上，那慌乱的脚步声似乎还在耳旁回荡，只见一阵风在台阶下狂舞。

诸君，伟大的风博士化成了一阵风。果真变成风了吗？是的，变成风了。何出此言呢？因为他的身影消失得无影无踪了。看不到他的身影就意味着他就是风了吗？是的，他就是风。何出此言呢？就因为看不到他了吗？他不可能是风以外的任何事物，他就是风。是的，他是风他是风他是风。诸位，你们竟然还要怀疑这个显而易见的事实吗？实在是太遗憾了。那么我就再给你们补充一个无法撼动的科学依据吧。那天，那位令人厌恶的章鱼博士恰好在同一瞬间，染上流感了。

摘自《坂口安吾全集第一卷》

筑摩文库，筑摩书房

1989 年 12 月

译者　张闻

空气男

海野十三

海野十三（1897—1949），本名佐野昌一，别号丘丘十郎，本作品第一版出版时就是使用别号发表的。

海野十三出生于四国德岛市的一个医生家庭，在早稻田大学理工科攻读电气工学，于1928年在《新青年》刊登《电气澡盆的怪死案件》开始了小说家生涯。之后，他创作了大量的侦探、科普小说，被誉为日本科幻小说的始祖。据称动漫作品《名侦探柯南》中，目暮警部（目暮十三）的“十三”二字便是来自海野十三。

蓝色机器

“这就好了！从今天起，我就可以堂堂正正地走进我家大门了！”

清家博士提着一个大大的貌似沉重的包，与以往不同，意气昂扬地走进了自家的玄关。

“谁啊？搞推销的话请到后门去！”

像往常一样，从里面传来了招赘妻子增子夫人歇斯底里的叫骂声。

博士跟往常一样吓得缩了一下脖子，但马上想起了什么，故意踩得地板咚咚响，回到自己的房间就砰的一声把门锁了起来。

博士在实验台上将沉重的提包打开，从中取出了一台近似小型收音机的蓝色机器。

机器上带有两根长长的线，另一端附着别针。

博士把一根线夹在头发上，另一根夹在鞋尖上，按下开关后，蓝色机器发出吱吱吱的声响。

就在这时，听见了妻子在门外用力敲门的声音：

“喂！丘一！干吗锁上门呀！你还不赶紧给我打开，我看你是好了伤疤忘了疼吧！哎，老头子，老娘没法忍了，不就是把锁吗……”

“轰”的一声，增子夫人“强壮”的身体猛撞在门上，锁坏了，门嘎吱一声开了。

“臭老头，看你往哪儿跑！你……”

增子夫人气汹汹地冲进来，话还没说完，却发现丈夫清家博士居然不在房间里。

博士夫人

“嘿！这家伙，藏哪儿去了？！”

母老虎增子夫人进了房间后却看不见博士的踪影，又是惊愕又是愤怒，可是房间里确实连一只苍蝇都看不见。

“也不像是跳窗户逃走了呀……”

增子夫人来到窗户边，抬起了玻璃窗说道。

“阿、阿嚏！”突然，传来喷嚏声。

“哎哎哎，谁被念叨了吧。肯定不是我打的喷嚏，应该是外面的哪位吧。嗯……”

增子夫人说着说着眼中冒出一道光。

就在这时，增子夫人的头发不知道被什么东西往上揪了一下。

“哎哟哟！疼疼疼！是谁啊！”

只听上方传来了一阵像猫感冒后发出的沙哑的声音：

“喂，下面的女人。老夫乃猫神，你老公现在不方便见你，就由老夫先行带走。喂，瞧瞧窗户那边！”

正在增子夫人不知所措地看过去时，明明没有刮风，却听见玻璃窗咣当一声碎了一地，只留下一个大大的窟窿。哇！见鬼了！

积雨云

增子夫人以为丈夫被猫神变成看不见摸不着的空气后带走了，感到非常恐惧。却不曾想到这是博士发明的一个让身体看不见的老机器。

博士出了门，一边掸着西服上的玻璃碴一边考虑着接下来该做些什么。

“嗯，先去屋顶晒晒太阳，再想下一步吧。”这般想着，博士爬上屋顶，一骨碌躺在了暖暖的瓦片上。

然后在准备好好想想的过程中，由于平时的疲劳，刚躺下就熟睡了过去。

就在这时，一片雨云经过，唰唰地下起了大雨，直到浑身湿透博士才醒了过来。

因为雨中在外面走动不便，于是清家博士提着鞋子，顺着屋顶从晾衣台钻进了家里。

刚准备下楼，没想到就遇上妻子增子夫人了。博士习惯性地紧张了一下，但马上想到妻子是看不到自己的，于是悠然自得地走下了楼梯。

增子夫人瞪着眼睛，大声喊道：“啊！你这个混蛋！原来在这儿！这个鸟东西！”

俘虏

清家博士被妻子五花大绑，拴在床头，真是上天无路入地无门。

“她怎么看见我的？刚才我启动机器的时候，明明看不到的啊？！”博士百思不得其解，最后终于想起在屋顶午睡时被淋成了落汤鸡，一定是那时候！身上的电力顺着淋湿的衣服流走了。博士才明白机器不能碰水。夜晚来临，增子夫人刚躺上床，就听见博士发出可怜兮兮的声音，哀求妻子解开身上的绳子。

“就解开一会儿啊！”

增子夫人将他拉上床，博士却突然咳咳咳地咳嗽起来，看上去是哮喘的老毛病又犯了。

“快……快点，那边柜子最下面的抽屉里有药，给我拿、拿一下，啊，咳咳。”

最后手段

清家博士在床上突然发病，不知所措的增子夫人按他所说拉开柜子最下面的抽屉，在里面找了找，果然发现了几包白色的药。

“老公，是这个吗？”

“噢！就是这个，快、快点，咳咳。”

增子夫人递过了药包，清家博士往杯子里倒满水说道：

“永别了，亲爱的老婆！”

说完就将药吞进了口中。增子夫人以为是哮喘药，只有博士自己知道那是隐身药。

“老公！不要啊！”增子夫人吃惊地握住清家博士的手。

“你死了，我也不想活了！”

增子夫人一心认为清家博士是自杀了，当即扑到柜子最下面的抽屉旁，拿出一包药也吞进口中。

就这样，两个人的身影都从房间里消失了。此时不知从何处传来了博士啧啧咂嘴的声音。

隐身药

吞下隐身药的清家博士当场就后悔了。万万料想不到妻子居然也会吞下隐身药。

隐身粉末与那台隐身器效力不同。药粉早在之前就发明出来了，虽说效果比蓝色机器强，可同时也有无法弥补的副作用。

副作用就是会使身体消失并变成轻飘飘的空气。蓝色机器虽说看不见身体，但可以保持原样啊。

况且吃了药粉身体变成空气后，必须经过 24 小时才能恢复。

要命的是一个人变成空气后，身体会有像一团空气一样交融在一起的危险。如果交融在一起，24 小时后能恢复成什么样就说不准了。或许变成三头六臂也不是不可能。

“哎，这都什么事儿啊！”

清家博士差点吓得背过气去。

应该也变成了空气的妻子如今又飘在房间何处，在干什么呢？

棒球

“神明在上，请为您可怜的仆人博施恩泽吧！”

即使是清家博士，也陷入依靠科学的方法无法解决问题的处境，只好向上帝祈祷了。祈祷上帝不要让变成气体的自己和妻子两个轻飘飘的身体在卧室里交融。就在博士想着神明会不会为他降恩的时候，窗户附近突然传来一声巨响。清家博士被一股压倒性的冲击力击倒。

“怎、怎么回事？”

“呀”的一声，好像是妻子发出的。妻子好像飘在柜子上方。博士正想着，紧接着又传来一声沉闷的响声，不知什么东西撞在了窗户正对面的门板上。那东西掉落后在地面滚了起来，定睛一看原来是一个棒球，看来声响是它发出来的。

迎面风

清家博士夫妻俩在卧室里像空气一样透明，在他们轻飘飘地飘在空中的时候，那个棒球飞进来打碎了玻璃窗。

“哎，看来又是对面恶作剧的小鬼打出了本垒打。玻璃被打出了个窟窿，一不小心就有可能被吸到外面去了啊。”

博士想到这里感觉不寒而栗。

这时，走廊传来了咚咚咚的脚步声，是佣人梅姨来了。

她的脚步声在卧室门前突然停了下来，只听见钥匙插入的声音，然后房门吱的一声被推开，梅姨露出诧异的表情。

忽然，从走廊刮来一阵风。清家博士还没回过神儿来，身体就像断了线的风筝般顺着玻璃窗上的窟窿被吹了出去。

街道

变成空气的清家博士在街道上与树叶缠绕着，不时警觉地环顾四周。

他害怕即使在这里，也会和同样变成空气的妻子身体融合。万一那样，他就再也无法变回以前的身体了。

正当他在忧虑的时候，从远处开来一辆铃声叮叮响的洒水车。

这是一辆最新型的洒水车，可以从大型水槽的下方横向强力喷水。

街道变得很清凉，博士觉得很是舒服。谁知随着洒水车渐渐接近也带来了一阵强烈的气流。

博士吓得缩起身子，但是洒水车的冲击力实在是太强了，缠在树梢上的博士在强气流中根本坚持不了多久。

“这样下去可不行啊！”

正想着，突然又刮来一阵大风，轻而易举地将紧紧抓住树梢的清家博士吹飞了起来。

化为空气的清家博士随着一阵阵的大风飘啊飘，飘得离自家房子越来越远。

“咋办啊，这样下去也不知道何时才能回到实验室了……”

博士心中越来越没底。

一阵阵的大风不断吹动着博士的身体。博士的身体像失去弹性的橡皮筋似的，被拉得越来越长。

当博士意识到这一点时，被吓得半死。关键是博士的头还咣当一声撞在了烟囱上，身体本能地缩了一下，还没等他喊疼，脚就被钩在另一条街上的一家茶馆的窗户上，鞋子啪的一声也掉了。这时博士的身体已经延伸到比一条街道还要长了。

“这、这、这么下去怎么办啊？”

这当儿，博士的身体仍然继续像软糖一般，被越拉越长。

真是一波未平一波又起。照这样下去，要不了多久博士的身体就延伸到一两里地以外了吧。

就在这时，又发生了一件令他万万没想到的事。

博士的身体被强风刮起，脚腕缠在了电线上！

“这下完了……”

还没容他多想，又一阵突然而来的大风，使得电线将博士的身体和脚腕嘶啦一下切了开来。哎呀，不得了了！

大团圆

由于突然而来的大风，清家博士被电线切断了脚腕。

“糟糕！等等！”

清家博士一边喊着一边拼命想要伸手去抓，却为时已晚。被切断的脚腕随着风飘向远处，不知所踪了。

此时又来了一阵狂风！

“啊！”

这次是被一栋大楼上的避雷针从膝盖处扑哧一声切开。

这之后，先是被广告气球从腰间分割成两半，又被飞机的螺旋桨斩断了手腕和胳膊，最后连脑袋也没能保住。

至此，空气男清家博士的身体四分五裂，落了个尸首全无的下场。可悲可叹啊！

现如今，还时常可以在一些奇怪的地方发现单只的手腕，又或者是某处出现一颗头颅等，所谓的分尸迷案时有发生，但凶手一直没有被抓到。无须说明，大家就能料到是清家博士被大卸八块的肢体恢复后的各个部分了。因为博士发明的身体还原装置是通过放电来实现复原的，所以每当天空落下雷电击中空气男分裂的肢体时，就会出现百思不得其解的分尸迷案。

摘自《海野十三全集 第六卷 太平洋魔城》

三一书房

1989 年 9 月

译者　赵呈琦

洞熊学校毕业的三人

宫泽贤治

宫泽贤治（1896—1933），生于岩手县，毕业于盛冈高等农林学校。日本昭和时代早期的诗人、童话作家、农业指导家、教育家、作词家，也是虔诚的佛教徒与社会活动家。

由于在生前出版的作品只有诗集《春与修罗》以及童话集《难以伺候的餐厅》，所以他一直处于几乎毫无名气的状态。死后，友人草野心平尽心尽力地推荐他的作品，终于获得极大的反响，名望快速攀升，现在被日本人尊称为“日本国民作家”。

红色长手蜘蛛、银色蛞蝓和没洗过脸的狸子一起上洞熊学校，洞熊老师教给他们几件事情。

一年级的时候老师告诉他们龟兔赛跑的故事，还有体形越大越了不起的道理。从此它们三个为了争夺第一名开始拼了命的竞争。上一年级时，蛞蝓和狸子因为经常迟到而受到惩罚，蜘蛛拿到第一。蛞蝓和狸子不甘心地流下了眼泪。上二年级时由于洞熊老师改卷子时评错了分，蛞蝓得了第一，蜘蛛和狸子都气得咬牙切齿。三年级考试的时候，阳光特别刺眼，洞熊老师不停地流眼泪，眼睛都睁不开了。狸子看着书照抄考了第一。之后红色长手蜘蛛、银色蛞蝓和没洗过脸的狸子就一起毕业了。它们三个表面上关系很好，不仅邀请洞熊老师办了谢师宴，而且还一起吃了散伙饭，可是各自心中一直在想:“哼，它能干什么呀，今后看谁体形更大、更了不起，走着瞧吧！”散伙饭过后三人便各自回家，终于开始学以致用。洞熊老师这边也为了能将褐鼠抓进学校，每天不停地追赶着。

正巧赶在猪牙花开花的时节，很多碧眼蜜蜂在日光下嗡嗡嗡地飞来飞去，向一朵朵粉色小花问好并收获花蜜和香料。作为回报，它们会把金色的圆形花粉搬到其他的花朵，或者收集小树芽不需要的蜡，用来建造六角形的巢穴。每天都过得很充实，繁忙的春天开始了。

一、蜘蛛干了什么

蜘蛛在散伙饭后回到了自己在森林入口处的橡树上

的家里。但是蜘蛛在洞熊学校耗尽了所有财产，腰包里一个子儿都没有。它只好忍受着饥饿，在朦胧的月光下织起了网。

蜘蛛已经饿得几乎要吐不出丝了，可嘴里还是嘀咕着："走着瞧！走着瞧！"它拼命地吐着丝，总算织出了一张二文钱大小的网，然后自己藏在树枝的阴影处，整晚瞪着眼睛盯着网。

直到天快亮时，从远处飞来的一只小牛虻撞到网上，但是因为蜘蛛肚子空空时织出的网并没有什么黏性，小牛虻眼看就要切断蛛丝飞走了。蜘蛛赶忙从树影中冲出来，猛地咬住了小牛虻。小牛虻吓得哭着求饶："不要吃我，不要吃我，不要吃我。"蜘蛛却二话不说将小牛虻从头到脚都吞了下去。吃完后肚皮朝天躺在地上总算缓了过来，紧接着又吐了一些丝，网就又大了一圈。然后，蜘蛛回到树枝的阴影处，六只眼睛闪动不已。

"这里是什么地方呀？"一只眼睛看不见的蚍蜉拄着拐杖走了过来。

"这里是旅馆呀。"蜘蛛闪烁着六只眼睛说道。

蚍蜉一脸释然地坐在了网上。蜘蛛一边说"来来来，喝口茶吧！"一边走了出来。它突然咬住了蚍蜉的身体，正准备接茶的蚍蜉把手伸向天空，它一边挣扎一边哀伤地唱道："我可怜的女儿，你要是听到为父死在旅程中……”

“哎？吵死了！不要乱动！”蜘蛛说。于是蚍蜉双手合十求道：“还请您大发慈悲，容我说完遗言，求求您给我一点儿时间就行。”

蜘蛛也有点同情它，抓住蚍蜉的脚说道：“快点！快点！”蚍蜉哀伤地轻声唱了起来：

可怜的女儿
如果听到为父身葬旅程
定会佩戴白手甲在小小的玉手上
追随父亲走上巡礼的旅途
可怜的女儿啊
巡礼的旅途风吹雨打
即使途中祈求施舍
蜘蛛残忍的网宴啊，不要碰啊，不要靠近

“你说什么？！”蜘蛛听了，一口就吃掉了蚍蜉。接着又平躺在地上，一边消化一边眨巴着眼睛，一边吐丝一边故意跑调似的唱道：“做虫啊，莫要狂啊。”

蜘蛛网比一开始的大了三圈，可以算是了不起的巢了。蜘蛛这下总算可以放心地隐藏在树影后。就在这时它听到下边传来一阵美妙的歌声：

红色长手蜘蛛
爬来爬去匍匐登天
吐出滑溜溜亮晶晶的丝线
筑起了亮晶晶的巢

原来是一只漂亮的母蜘蛛。

“到上边来吧。”长手蜘蛛一边说着一边放下了一根丝，母蜘蛛马上顺着丝爬了上来。就这样它们成了夫妇。每天蛛网都可以抓到大量的食物，蜘蛛夫人大量进食，生出了很多孩子。但是这些孩子太小了，小得几乎透明。孩子们在网上滑来滑去，玩相扑、荡秋千，好不热闹。喜上加喜的是，有一天蜻蜓飞来通知说蜘蛛被大家选为昆虫协会的副会长。

有一天，蜘蛛夫妇在树影后喝茶，下方有谁一边怪笑一边唱：

红色长手蜘蛛
孩子生了二百
有的像眼屎，有的像碎米，有的像蚊子眼泪
最大的也不过像稗粒

原来是那只不知什么时候体形变得越来越大的银色

蛞蝓。

蜘蛛夫人气不过，难过得哭了起来。长手蜘蛛说道：“哼，那家伙最近一定是在忌妒我，喂！蛞蝓！老子马上要当上昆虫协会的副会长了！嘿，不甘心吧！嘿，你身体长得再大也当不上吧！嘿嘿。”

蛞蝓听了特别生气，不久后就病倒了。“呜呜，死蜘蛛，居然敢嘲笑我。死蜘蛛，呜呜。”

蛛网有时会被风吹散，有时会被流氓独角仙破坏掉，但是蜘蛛每次都会马上吐出新丝修缮。两百个孩子要么被蚂蚁搬走，要么行踪不明，要么就是得了痢疾死去。这些孩子几乎长得一模一样，蜘蛛父母马上就忘记谁是谁了。

蛛网倒是越来越好，不断地抓住各种虫子。有一天，蜘蛛夫妇在树影后喝着茶，一只蚊子飞了过来，注意到了蛛网后马上飞了回去。蜘蛛抬脚刚准备走出去，看到蚊子飞走后也只好放弃。就在这时，下方又传来了一阵大笑声，伴着粗犷的歌声：

红色长手蜘蛛
长手的红色蜘蛛
织网水平烂到家
小小蚊子抓不到

原来是没洗过脸的狸子，蜘蛛把牙咬得嘎吱响，说道：“什么？臭狸子！老子现在可是昆虫协会的副会长，总有一天有你好果子吃！”

自此蜘蛛开始拼了命地到处织网，哪怕是夜晚也会捕食，但是食物越积越多，终于开始腐坏，传染到了蜘蛛夫妇和小蜘蛛。一家人腐烂得黏糊糊的，有一天被大雨冲走了。

正好赶上白三叶草开花的季节，那些碧眼蜜蜂们已经开始在草原上从一朵朵像蜡灯似的小花上收集火苗似的花蜜。

二、银色蛞蝓干了什么

就在蜘蛛回到森林入口的橡树上，开始织起二文钱大小的蛛网时，蜗牛来到了银色蛞蝓的豪宅里。

当时蛞蝓已经毕业，在森林中被一致认为是和蔼可亲的人。蜗牛说：“蛞蝓大哥，我最近手头比较紧呀，吃的喝的都没有，之前存放在您这里的香草汁能让我喝点吗？”

蛞蝓听了说：“当然没问题。来，快喝吧！”

“哎呀，谢谢啦，帮了大忙了。”蜗牛一边说着一边咕咚咕咚喝起了香草汁。

蛞蝓说：“多喝点多喝点，咱俩是兄弟嘛。哈哈哈。

来来来，再来点！”

“那我就恭敬不如从命啦，谢谢大哥。”蜗牛听了就又喝了一些。

蛞蝓见状后说道：“蜗牛小弟，喝好了的话，来试试好久没来过的摔跤吧。好怀念呀！”

“没吃饭使不出力气呀。”蜗牛说。

“那我给你拿点吃的，来来来，别客气。”说着，蛞蝓又拿出了一些蓟菜苗。

“哎呀，太谢谢了，小弟我就不客气了啊！”蜗牛一边感谢一边吃掉了蓟菜苗。

“酒足饭饱了，可以来练两下了吧，哈哈哈。”蛞蝓二话不说就站了起来，蜗牛见状也只好答应：“小弟我力气小，大哥您下手可得轻点儿。”

“嘿！看招儿！哈哈哈。”蜗牛被狠狠地摔在了地上。

“再来再来，哈哈哈。”

“不行了不行了，我认输。”

“别呀，再来练练嘛。哈哈哈。嚯！走你，哈哈哈。”蜗牛又被扔了出去。

“再来再来，哈哈哈。”

“真的不行了。”

“别呀，再来练练嘛。哈哈哈。嚯！走你，哈哈哈。”蜗牛再次被扔了出去。

“再来，哈哈哈。”

“不行了。”

“别呀，再来练练嘛。哈哈哈。嚯！走你，哈哈哈。”还是蜗牛被扔了出去。

“再来吧，哈哈哈。”

“我这条命就要交代在这儿了。”

“瞧你这话说的，再练两下，哈哈哈。来，我扶你起来，哈！再躺下吧你！嘿嘿嘿。”蜗牛被活活摔死了。就这样，蛞蝓把蜗牛连同壳都一起吃掉了。

之后，过了一个月，壁虎瘸着腿爬到了银色蛞蝓的豪宅里：

“蛞蝓大哥，能给我些药吗？”

“哟！你这是怎么了？”蛞蝓皮笑肉不笑地问道。

壁虎说：“哎呀，被蛇咬了一口。”

蛞蝓听了笑道：“那就交给我吧，我给你舔舔伤口。有了我的唾液蛇毒马上就会消除的，别说蛇毒，我这唾液可是连蛇都能融化掉。哈哈哈。”

“那您快救救我吧。”壁虎伸出腿说道。

蛞蝓说：“义不容辞呀，咱俩可是一家人。你跟蛇看着也像一家人。哈哈哈。”

蛞蝓说完就含住了壁虎腿上的伤口。

“蛞蝓大哥，真是太谢谢你了。”

“还要一会儿，不然治标不治本。我一次性给你治好就轻松了。哈哈哈。”蛞蝓一边含着不松口，一边咕咕哝哝地说。

“蛞蝓大哥，我怎么感觉腿都融化掉了。”壁虎突然感觉不妙，问道。

蛞蝓又嘟嘟囔囔道：“哈哈哈，怎么会？没有这么夸张。哈哈哈。”

壁虎担心地问：“蛞蝓大哥，我怎么感觉越来越热了。”

蛞蝓还是嘟嘟囔囔道：“哈哈哈。没有那么夸张啦。哈哈哈。”

“蛞蝓大哥，身子都融化一半啦！快停下！”壁虎哭着说。

蛞蝓说：“哈哈哈。太夸张啦。马上就好。哈哈哈。”

听到此话壁虎终于不出声了，不出声的原因是刚好心脏被融化掉了。蛞蝓见状一口吞下了壁虎。不知不觉它的身体越来越大。变大后的蛞蝓特别得意，于是就有了前面讲到过的戏弄蜘蛛的那一幕。

没想到它反而被蜘蛛嘲笑了一番，患上热带病，每天都会愤慨：“好，看我有一天吃得再大点，也当个昆虫协会名誉委员什么的，臭蜘蛛无论说什么我都不会给它好脸色看！”可是，这时候蛞蝓的名声开始越来越不好。

虽然蛞蝓总是哈哈哈大笑，说起话来笑眯眯的样子，但是并没有给人好印象，反倒感觉还不如蜘蛛，从而被大家歧视。就连狸子谈到蛞蝓的话题时都会冷笑道：“蛞蝓的那些手段太卑劣了，净是些见不得人的勾当。靠这些小聪明身体变得再大也没用。”

蛞蝓听后愈加气愤，想尽快当上昆虫协会名誉委员。就在这时传来了蜘蛛腐化掉随雨而去的消息，蛞蝓才略微淡定下来。开始等着下一个上门的来客。

有一天，雨蛙来到了门前：“蛞蝓大哥，你好呀。能给我喝口水吗？”蛞蝓见状好想一口就把雨蛙吃下去，它不假思索地说：“这不是蛙小弟嘛，欢迎欢迎。喝水管够！最近总是一个人，总算来了个好兄弟。哈哈哈。”说完就带着雨蛙喝水去了。

雨蛙咕咚咕咚地喝完后，呆呆地望了蛞蝓一会儿说道：“蛞蝓大哥，来练两下子吧。”蛞蝓听了一阵暗喜，自己本来想说的话反而让雨蛙先提出来了，看它柔弱的样子，来个五下就可以一口吞了吧。

“来来来，看招！哈哈哈。”雨蛙被狠狠地摔了出去。

“再来再来。哈哈哈。嚯！走你，哈哈哈。”雨蛙又被扔了出去。雨蛙惊慌地从口袋中掏出一个盐袋说：“地上没有撒盐可不行，我来撒一些，唰！”地上被撒上了一层白白的盐粒。蛞蝓没有在意："蛙小弟，再来的话我肯定就败了。你厉害，一定是在让着我。哈哈哈。嚯！走你，哈哈哈。"还是雨蛙被狠狠地摔了出去。这次雨蛙四脚朝天一动不动好像晕死过去一样。

银色蛞蝓见状就要过去一口吞下雨蛙，忽然发觉自己动弹不得，回头一看才发现半个身子已经被融化掉了。

蛞蝓惊叫道："啊！中招了！怎么有盐！混账！"

尖叫声传进雨蛙耳中，只见它一个翻身起来后盘着腿坐下，张开那仿佛脸盆一样大的嘴巴满脸笑容，对着蛞蝓鞠了一躬说道："哎哟哟，永别啦，蛞蝓大哥。可真是不容易哟。"

蛞蝓一脸悔恨："蛙小弟，永……"话还没说完，它的舌头也被融化掉了。雨蛙得意地边笑边说道："永别词都没说完就真的永别啦。我回家后一定会好好给你送行的。"说完就离开了。

这时刚好赶上秋天种下的荞麦花开出了白色的花朵，那些碧眼蜜蜂们有的穿梭在方方正正满是红色麦秆的田地间，有的仿佛荡秋千似的徘徊在花朵那细小的枝头，勤勤恳恳地收集着一年中最后的花蜜。

三、不洗脸的狸子

狸子原来是故意不洗脸的。就在蜘蛛刚好回到森林入口处的橡树上，开始编织二文钱大小的蛛巢时，狸子也回到了自己在寺庙的家中，但是由于肚子太饿，只能趴在一棵松树上闭眼休息。

这时来了一只兔子："狸子大哥，我饿得不行了，只有一死才能解脱。"

狸子把和服的领子合拢起来说道："诚然，众生皆归尘土。此乃山猫大明神大人之意。山……山猫大人慈悲。山猫大人慈悲。"

兔子听了也跟着一起念诵了起来："山猫大人慈悲。山猫大人慈悲。山猫大人慈悲。"

狸子抓住兔子的手往自己身边扯了扯说："山猫大人慈悲。天下众生皆在山猫大明神大人一念之间。山猫大人慈悲。"说完突然咬住了兔子的耳朵。

兔子尖叫道："哎哟！狸子兄，你干吗呀！"

狸子吧唧吧唧咬着兔子耳朵说："山猫大人慈悲。世间众生皆在山猫大人一念之间。施主的耳朵实在是太大了，我来咬掉帮你去除业障岂不善哉？山猫大人慈悲。"说着说着，就把兔子两只耳朵都吃掉了。

兔子听到狸子这样一说，反而高兴得大哭起来："山猫大人慈悲。善哉善哉。山猫大人连我这样的小人物的耳朵都会关心，果真是大慈大悲。既然如此，两只耳朵什么的让它们去吧。山猫大人慈悲。"

狸子也装作大哭的样子："山猫大人慈悲。什么，接下来要咬掉兔子的脚吗？因为它太能跳了。好好好，我这就咬。山猫大人慈悲。"说着就把兔子的后脚吧唧吧唧地吃掉了。

兔子更加高兴了："山猫大人，善哉！托您的福，没有脚我今后都不用再走路了。善哉善哉。山猫大人慈悲。"

狸子虚假的眼泪感觉好像要把身体都泡胀了似的："山猫大人慈悲。山猫大人一念众生。什么，您是要我这样的世俗之人来完成维系生命的大任吗？是是是，那就没有办法了，山猫大人慈悲。谨遵神命。吧唧吧唧。"

兔子就消失了。

这时，只听见从狸子的肚子里传来一阵骂声："一不小心就被你骗了！这里面一片漆黑！啊！好不甘心啊！"

狸子生气地说："吵死了，老老实实被消化吧。"

兔子大叫说："大家可不要被狸子骗了呀！"

狸子转动着眼睛，为了不让外面听见，它有好一段时间都闭上嘴巴并用手盖住了鼻子。

两个月过去后，有一天，狸子在自己家又在念叨着善哉善哉时，野狼带着三升稻谷过来，希望聆听一下教诲。

狸子听后说："施主伤害的生命岂止五百一千。啊！只要活着的生命都希望有个善终，但是施主吃掉了它们。啊！还是早些忏悔，若不及时回头是岸，可就苦海无涯喽。山猫大人慈悲。山猫大人慈悲。"

野狼听了非常害怕，眼睛滴溜儿转了好一会儿才问道："那我该怎么办？"

"我乃山猫大人的化身，按我说的做。山猫大人慈悲。山猫大人慈悲。"

"还请指点如何才能化解。"野狼慌张地问道。

狸子说："自有化解之法。你站着别动啊。先拔其利牙，这些利牙伤害了多少生命！残忍啊。再去其目，这双眼睛吓死过多少生命！残忍。接下来嘛，山猫大人慈悲。山猫大人慈悲。要食其肉，此乃惩戒。山猫大人慈悲。山猫大人慈悲。一定要忍住。山猫大人慈……吧唧吧唧。先吃你的脚。嗯嗯，味道还不错。山猫大人慈悲。吧唧。吧唧。再吃背，这里也不赖。吧唧吧唧吧唧。"

野狼就这样完全被吃掉了。

狸子肚子里又传来声音："这里怎么一片漆黑。哎，这不是兔子的尸骨吗？是谁杀了兔子！一定要让凶手也一边被咬一边接受狸子的教诲才行！"

狸子嫌它太吵准备堵住声音，就把野狼带来的三升稻谷连同包袱皮一起吞了下去。

但是，第二天狸子的身体就开始越来越差。不知什么原因肚子非常疼，嗓子也感觉被什么东西刺得很痛。

一开始只要喝喝水就可以缓解，但一天天过去，症状越来越严重，坐也不是，站也不是。终于在吃掉野狼二十五天后，狸子的身体膨胀得好像气球一样，嘣的一声炸了开来。

森林中的野兽们吓了一跳，都聚集过来，看见狸子的身体里充满了稻叶。原来是野狼带来的稻谷发芽后膨胀起来了。

洞熊老师稍后也赶来看了看，一边表示这三个都是很聪明的孩子，怎么都干了傻事，一边打了一个喷嚏。

这个时候刚刚入冬，那些碧眼蜜蜂们也已各自回到用蜡做成的六角形的蜂巢中，一边梦着明年的春天，一边静静地进入了梦乡。

摘自《新修宫泽贤治全集 第十一卷》

筑摩书房

1979年11月

译者　赵呈琦

武藏野

山田美妙

山田美妙（1868—1910），日本文学家、诗人、评论家，言文一致和新体诗运动的先驱。与尾崎红叶、幸田露伴齐名，后来逐渐守旧，被排挤出文学主流，作为支流小说家终其一生。曾使用美妙斋、美妙子、樵耕蛙船、飞影等名号。

上

本篇武藏野属于时代故事，语言风格独特，这种语言风格是庆长时期[①]的俗语与足利时期[②]的俗语交杂混合后的产物，因此也大概和那个时代匹配吧。

---

① 庆长是日本的元号之一。指 1596 至 1615 年期间，当时的天皇是后阳成天皇，后水尾天皇。江户幕府将军是德川家康、德川秀忠。

② 足利时代一般指足利尊氏 1336 年建立幕府开始。足利尊氏是镰仓时代后期至南北朝时期的武将。室町幕府的第一代征夷大将军，足利将军家之开宗始祖。

唉，现今的东京，曾经的武藏野。如今已经拥挤到无立锥之地，从前却是连座城关都无法修建的地方。而今在街道紧盯着游客们靠喂食而生的鸟儿们，曾经只能在海边的四五个小渔村维持微薄生计。如今在柳桥边被美人们欣赏的明月，曾经是“甚无落山休憩处”的极其贫瘠潦倒之物。事实上，现在丛生的百万苍生草，以前何止亿万！北起荒川南至玉川，一片毫无杂色的郁郁葱葱的青绿舞台。碧草乐园是虫儿落脚之处，在花穗的招引之下不时前来串门的都是狐狸、鹿子或兔子、野马等。当然，这样的世外桃源也无法摆脱乱世的侵扰，最近也有过战争，这儿那儿四处可见腐烂、让人目不忍睹的残骸。连按战国惯例埋葬的和尚的踪影都没有。

只见处处都是败退时堆积的尸首冢，覆盖着薄薄的野草尘土，或是盖着沾满凋敝之血的破败阵旗，其他都只能任凭雨淋风吹，鸟兽啄食吧。残肢断臂四处散落，或被作为胜利标志的无头之躯更多。他们也有思念他们的父母、娇妻、亲近的挚友与甘愿肝脑涂地报效的主君吧。但落到这般田地，被刀剑刺身、受箭雨穿心成为他乡之鬼，想必他们是何等的懊悔。

死后也无人祭葬……

故乡恐怕还有摆着一膳“影膳”[1]等待他们归乡的亲人吧……

“家乡的亲人岂知我将命垂今宵，仍在盼我回归吧……”

白露下的松虫也呜咽空叹着哀怨。那么他们在世的岁月是否享受过尊贵荣华？这种战国乱世恐怕不尽人意。武士是例外，但是那些除了锄头或账本之外几乎从未碰过别物的平头百姓或商人，在“啊，征军”趋之若鹜的召集下，只能向父母兄弟饮泪告别。

“没有办法，拿着这个，儿子。去取个死人的首级糊弄功名吧！”腰间挎着弓箭的老父垂涕暗授军法。“危险的时候躲在别人背后，赶快逃跑就行。”老母束紧护甲的绑带噙着泪水不断忠告。

不过，那些深留耳根的令人怀念的声音，印刻在眼底里的亲切容颜，在一声“再见”之后便不闻不见消失了影踪。随着催促上阵的骤雨般的阵钟和太鼓声，一旦到达激烈的战场，便以山谷的青苔为褥，以河岸的沙砾滩为袄，其间……敌人……哦，太鼓……左右大将的命

---

① 为祈求长期旅行或身在异乡的亲人不受饥饿所供奉的膳食。一般供奉和家人相同，或本人喜好或稀奇的膳食。如果饭碗或汤汁的盖上出现水露，则表示本人平安无事，反之则属不吉。家人也会因此或喜或忧。——译者注

令……于是一命呜呼，就在荒野成了这般光景。离世时一定悔恨不已吧，一定拼命咬牙不甘罢休吧。流淌的血染红了杂草，灵魂也离开躯体换了居所，内脏还附着敌人的残迹，哀怨地顺着裂开的伤口爬出。金色的、身着薄金铠甲的蝇将军正在排兵布阵。已经干涸的眼球之池，蛆将军也聚集一堂。荒野狂风肆虐……变形腐烂内脏的阵阵恶臭……血腥不已。

已近傍晚，太阳紧靠着函根山尖按照仪式开始喷射出茜红色的光线，荒野也渐渐地加入白桦树的阴影，远山如同饮下毒物一般渐渐泛出紫色来。原野尽头夕阳的水汽不断变幻着海市蜃楼。已是入秋时节，到处自由横生的枝蔓也被剥去绿衣而瑟瑟立于寒风之中。旅程归来的白头翁一本正经地发出阵阵鸣声。这时，从西边传来一阵急促的脚步声，原来是两位武士，都身着行装。

其中一人五十岁上下吧，满脸虬髯各拘一绺分立两颊，铜壶眼，八字眉，厚唇似堤，加上身长如橹，一副烈马般的好筋骨。不管怎么看都是时代的弄潮儿，是在自然淘汰的渔网中第一个挣脱而出存活下来的极品。那么他的打扮又如何呢？身着浅绀色中带些浓茶色的铠甲，甲片虽有些陈旧，但各处遗留的血痕显示着主人身经百战的印迹。头盔早已不知踪影，凌乱的长发如稻草把一般拢在一起。遍布刀痕的蜡色长剑斜挎在腰间。袖甲似乎不是平凡之物，原先表面的菊花纹路都已脱落。从这一身装扮来看，此人无疑久战沙场。

另一个人看上去像十八九岁的年轻武士，然而厚重的钢铁头盔挡住了大半个脸，无法完全看清。从浅黑色的皮肤以及嘴角显出的神情大概可以推测，他也一定是这般年纪的人物了。身材虽然并不是特别高大，却穿着十分宽大的铠甲，显得不合身体，有些臃肿肥大。深蓝色的铠甲，棱纹绣显得十分结实，衣甲的上沿绕着离散的山路简单地围起来，其上还刻有千里竹变形的家纹。腰间之物大小两把俱为上等制品，护手不知是哪位匠人所做，两只蜜蜂细雕栩栩如生。虽有些陈旧，但无论是铠甲还是长刀俱属上品，由此可见此人也定不是什么小兵。

这种时候，二人步行不时四顾左右谨慎戒备的模样，是身处太平盛世之人无法想象的。若是侧耳倾听白茅之音狐狸之声只是愚蠢之至，且需尽量小心翼翼在杂草间别人踩踏的痕迹上落脚。途中遇到窜出的野兔便会警觉是否遇上伏兵，手自然扶向刀把，倘若见到死兔于途便需怀疑可能是敌人的计策而攥紧长刀。彼时还是恰如其名的武藏之野，奥州街道沿着隅田川边，一般人很少在这个时段涉足九段附近的内地。之前的战争似乎在这个山坡也有摆阵，如今两人来这儿巡视时，只见撕碎的营布和军粮的口袋与尸体一起远近到处飞散。看着这般光景，纵是过路旅人也会倾头瞥上一眼。只见上了年纪的那位武士静静地捡起营布仔细看上面的家纹，当确定是足利家之物无误时不禁雀跃起来，说道：“看，此乃足利家纹。快哉快哉。”年轻武士一边颔首一边说道：“是啊，想不到这般凄惨光景。这是那一年激烈交战的地方无疑了，想不到连收拾战场的人都没有……”

“妇人之见！都说些什么呢，应该想象两位大人（新田义宗与义兴）的高超手腕才是。即便是那个高氏也不得不亲自上阵肉搏啊！想想他在那个石浜被穷追猛打时难堪不已的样子吧！”

“嗯，主公大人，那时您也随军出征了吧？听传言……还是想直接听您讲讲。”

“当然可以，不过别因为讲故事晚了点就没面子了。明天这个时候大局已定，大约去镰仓了吧……要是去迟了……”

“倒也是，对啊。这样吧，故事以后再聊吧。不管怎样看到这些败军的样子，情绪也高昂起来了。”

“是是是，情绪高涨啊！像空中的线一样飞扬。越来越激动了。你以后每次拜见君上时都要献上军功啊！”

“这次有了新田的助力，宫方也一定势头更猛吧。虽然楠和北畠被灭有些可惜，但两位都是豪杰啊……”

“太好了！尽快砍下高氏的首级，恢复元弘的盛世吧！”

“自不必言，那该有多好啊。”

从这番话中可以了解二人皆为新田方的人。他们所提到的那一年将尊氏追赶到石浜之事，以及从今天两人赶路去镰仓的话来看，二人必定是新田义兴队之人无疑了。从两人的问答可以感受到飒爽的武士气质，相较而言，年轻武士还没有年长之人那种纵横沙场的经历，自然少了些血腥气。

之后，二人从现在的牛渊一带开始在半藏之壕往南而去。那时这一带还是一片高坡，可以将原野一眼望穿，两人的对话也大都围绕着四方的景色展开。年长的武士指着东北方向削平的原野对年轻武士说道：“真是宽阔啊！无论往哪个方向看满眼尽是原野。你可能还不知道，在那边削平的原野下，有位能剧[1]中经常出现的神明。

① 能剧是日本传统戏剧能乐中的一个领域。“能”起初并不是指特定的文艺，而是模仿、喜剧以外所有有故事文艺的总称。江户时代为止被称为猿乐，明治维新以后与狂言一起演变为能乐的总称。

再往东北方向，则有浜成兄弟们的观世音[1]，可惜被遍地野草挡住了视线。”

“就是传言中经常听说的那个神社吗？看上去不是很大啊！”

“在那旁边，我当时不知是和谁缠斗，骑马突入敌军大将阵中取下敌军三个首级。那个大将，远远地骑在一匹栗色良驹上，看到我的勇猛飒爽估计是气得咬牙切齿，高声尖叫着‘把那个武士拿下！！！’”

“啊，一定处于间不容发的状态吧！战斗结束后，可有负伤？”

“伤了四处，不过都是轻伤，不打紧。想要在那番乱军中毫发无损怕是不可能。当然，由于是在平野上博弈对峙，敌军的援军大都骑马交战。援军的缰绳都按照主公（义贞）的吩咐缝入了金链，因而无须担心被敌人切断。当时第二大将军（义兴）的打扮可是相当神气啊！”

---

① 传说在日本飞鸟时代，推古天皇三十六（628）年三月十八日早上，住在宫户川（即现在的隅田川）附近的松前滨成、竹成兄弟捕鱼时，在渔网中发现了一尊佛像。两兄弟因为不了解情况，将佛像投回水中，谁知不论如何改变投网地点佛像都会在渔网中出现，两兄弟只好将佛像带回家。后来让当地的一位叫土师中知的长老看了以后才知道那是一尊观音菩萨像。19 日早上乡里的孩童们建了草堂祭拜佛像。后来，中知长老听滨成兄弟和乡里人都说“只要默念佛名一心祈祷，必定获得功德”。因此将私宅改为寺庙终身供养观音。该寺庙便成为现在浅草寺的前身。——译者注

“第一大将军（义宗）也出战了吗？”

“也出战了！他也身着同样的装扮，可惜连接铠甲片的线色太深，没有第二大将军的那么显眼了。”

这时候一阵野风吹过，草木都剧烈地摇摆起来。荒野的疾风啊……以超出人想象的威力，一眨眼工夫把成千上万野草的根茎、树木的细枝以及沙石都一股脑儿吹向天空。对话也就突然中断了。究竟是中断还是没有中断也不明了，总之风声吞没了一切。细想刚才的对话，年长的武士似乎纵横驰骋拥有久战沙场的显赫经历，而年轻人则显得十分谦虚谨慎。对吧，各位读者朋友？

说话间，太阳也完全落山了，日暮笼罩，云层也越来越薄暗，荒野的尽头渐渐朦胧，怪异的云层从富士山的山脚爬上山腰。空旷的荒原、辽阔的天空、强劲的野风、高耸的杂草无一不是惊人的险恶。四周不见一处人家，唯有隐约可见遥远的天边飞驰而过的骏马身影，落暮的凄冷渐渐侵蚀着大脑。

“连个歇脚的地方都没有啊！”“今夜看来只能在这野地凑合一宿了。”“得抓紧了。”“赶紧吧！”只听见严峻的环境中这样的对话来来回回。

“有马在跑。不如抓了做坐骑吧，你意下如何？”

“有意思！骑马走吧！哎，嘿，向我这边来了哦！”

两人准备抓马骑，没想到跑进来的不是野马群。不好！这是敌人，足利的骑马武士啊！

“啊！大意啦！没注意到，马……敌人……敌人的马！”“敌人人数众多啊，世良田大人。”“我方势单力薄啊，秩父大人。”“话虽如此……”“想不到……”敌人一下子靠近了。

“不要动，败军武士。还不知道吧，新田义兴昨日已在矢口被杀。”

“什么，第二大将军他……”

“现在知道了吧，拿命来！”

黑影闪落，一阵剑雨，赤绘铠甲横落草丛。新月露出凄凉之影，荒野晚风也不甘地狂吹。

中

“山中冬日多寂凉，人去草枯愁断肠。”诚如所言，秋日的深山一入夜便变得刺骨的凄冷。柿子树如同被扒光了衣服，暴露出瘦弱的上臂，杵着肌瘤。冷笑着的寒月挂在枝头，惨白透亮的地面被树梢的倒影切割成一块一块的。远处传来阵阵野狼凄惨的嚎叫，与山谷的回音一唱一和，满眼都是朦胧的薄雾，恣意地紧抱着树下的阴影，洒向四周，山风与山风狼狈为奸，满怀恶意地蚕食着人们的肌肤。不光凄冷之甚，扭曲倾斜如匪徒般的古树洞穴里猫头鹰那双可怖的双眼硬生生地瞪着明月，宿鸟的鲜血啪嗒啪嗒落了一地……

山崖下的那栋宅院似乎是乡士的居所，十分古朴，结实却无多余装饰，挂满晒干葫芦的矮小柴墙环绕四周。西面的一间房前木植茂密，树木自然地四处伸展。这间房应该是这家人的常居所在吧，现在正好有两位妇人在室内……

不过，引人注目的是即便夜晚也光彩夺目的年轻人，不用说也知道是一位妙龄少女。灯火是用下等的蜜蜡制作的一里一寸的小火把，因此以灯火为中心两尺之外便一片漆黑了，然而由于其容貌格外出众，一眼就能分辨出是一位年轻人。年纪虽然无法确定，但从眼鼻和嘴角还没有完全长开来看，应是还不谙世事。正因如此，坐姿还不是十分得体（不似婀娜女子），手腕却十分粗壮，此外，看人的眼神……带有肿胀的眼袋……怎么说呢？凛冽……也说不上……但不温柔。有些婴儿肥的两腮显得十分饱满，一对秀丽的画眉很自然地将脸蛋衬托得俊俏不少，更为耐看。她刚才还穿着白菊贴箔上衣，现在脱去上衣，仅着一件轻透的红褐色薄绵葛衣。

与她并排而坐的是一位四十岁左右的中年妇女。虽然也身着葛衣，但因是染成黄褐色的旧款衣裳，不知怎的还沾有些抛光粉的污渍。长相的话，虽说老幼自然有别，但同刚才的少女异常相似……虽然如此判断稍显轻率，但此二人大抵应是母女吧。

两人都一脸愁容，似乎已经无话可说的样子，过了一会儿，中年妇女突然想起了什么似的，一把握起放在一旁的匕首："忍藻，虽然你的顾虑也有些道理……让为娘非常担心啊……即便如此，请不要这样，忍藻你不要叹气，一直叹气实在不是武士……事实上，你作为世良田三郎刀祢[①]的夫人……听听为娘的话，看看为娘的衣服。你绝不能忘记，你的父亲，也就是我的丈夫，民部刀祢此次前去两位大人（义宗与义兴）阵中投军，也就是投身恢复元弘盛世的忠义中去的时候，在同世良田大人一起离别时，我，对了，忍藻，你猜猜我做了些什么，说了些什么？

"我亲手磨出五十支南部铁箭，分别给他们每人二十五支作为祝贺他们远征的祝福。忍藻，你听听我当时说了什么——'此次在两位大人阵中，无论谁在迎敌时，且将这个箭头抹上鼻油，狠狠瞄准敌人头盔正中那闪亮之处。倘若大人与敌人搏斗时，无论对方的坐骑是鹿毛、菊花青、桃花，还是栗毛，一定要直取骑在雄壮魁梧骏马的敌将之首级。无须念妇人之仁，只念忠义之

① 日本古代供奉朝廷的一种官位，不同时代有内容差异。——译者注

志。'我强忍着要夺眶而出的泪水如是说……我现在没有掉泪，忍藻……我也是武士的妻子，需鼓励丈夫，也担心女婿。这些，你应该都看在眼里吧。武士的妻子可不能随意流露自己的内心情感。正因为如此，我一直没有休息，即便丈夫和女婿不在家，我也每日打磨箭矢，希望能够与他们风雨同舟共守忠义。即便衣服上沾满了抛光粉，心里也甜蜜无比。"

"确实如此。母亲说的句句在理，女儿只是……"

"即便是违心之言母亲我也很开心。看！这个，这把匕首，这是世良田三朗刀祢离别时给你留下的信物吧？见物思意，忘记那些担忧吧，妇人柔弱之心不能在刀祢面前表现出来。你也是多少学过武艺的人，要以最近的伊贺局等为戒啊！流言总是伴有蜚语，倘若轻信日后定会后悔莫及的。"

说完之后，母亲凝视着忍藻的脸期待着她的回答，没办法，忍藻只好寻些话来接，即便如此也只是那么短短回了一句。

"是呢。"

母亲明知这是让人放心的答复，想着也不好继续勉强下去，继而望着屋外微微西沉的明月说道："都夜深了。这样吧，我去诵会儿经，你就自己休息吧。"

忍藻颔首行了个礼，母亲便起身，沿着走廊向里屋慢慢走去。忍藻独自看着远去的母亲的背影，不过一会儿，之前强忍着的叹息又决堤而出了。

在此，需要详细地给大家介绍一下忍藻的身世。事实上，忍藻就是这位中年妇女的亲生女儿，父亲是秩父民部大人，也就是上一篇中在武藏野旅途中年长的那位。那位年轻武士自然就是世良田三郎了，从母亲的话中大概大家也能明白，他就是忍藻的丈夫。

这位三郎的父亲是新田义贞的马夫，在藤岛合战时与主公战死疆场。留下了方才两岁的孤儿三郎，秩户民部大人见他可怜便留在身边抚养，两年后又生下了忍藻。随着年纪的增长，三郎的武艺不断精进，成长为一个落落大方器宇轩昂的年轻人，养父母十分高兴，于是就将女儿许配与他，将他收为女婿了。

那时三郎不过十九，忍藻年方十七，如今看来似乎属于早婚，但在当时实属平常。

这对年轻夫妇正准备举案齐眉共度此生时，三郎突然听闻新田义兴被足利招入镰仓的消息，血气方刚的三郎无法待在家中等待消息，岳父也十分关心南朝，二人经过一番商量，便决定一起前往协助新田义兴，才发生了武藏野那场不可思议的危难遭遇。虽然消息不是十分准确，忍藻也有所耳闻，但这件事让她忧心忡忡，本想跟母亲吐露自己的担忧与不安，这才有了之前那一段被母亲教育鼓励的对话。

“熟读唐诗三百首，不会作诗也会吟。”铁匠的女人耳濡目染也会通晓矿物产地。看着三郎每日潜心习武，因正处乱世大家都习以为常，耳濡目染，忍藻也极其自然地无论长刀短剑都略通一二，动作还有几分飒爽。粗壮的手腕以及敏锐的目光恐怕皆源于此。但若要描述一下忍藻的性格，可以说是武艺高超，曾经有生擒过濒死的熊的经历，并以此为傲，但不能因此就证明她内心也很强大。看上去英勇只是因为平常的行为言语罢了，女人固有的本质（尤其是没有接受精神教育的女性固有的性格特征）并未完全消除，确实还都存在。

母亲离去之后，忍藻取出匕首，一把拔出刀鞘，神情冷峻地注视了一会儿刀身，止不住又叹起气来，“匕首，这把匕首……刚刚母亲大人也说了，这是三郎留给我的信物啊……看着它只觉更加思念……不知两位是否平安到达镰仓。虽说担忧两位长于武艺之人未免有些小女人见识……但毕竟人们的那些流言蜚语让人担忧。我小小的胸膛实在装不下如此沉重的负担，向母亲大人倾诉后，没想到她竟是如此坚强。诵经也要看时间啊，在这最重要的时刻，这都什么啊！这实在太淡定太冷静了。不仅仅只有我丈夫一人啊，母亲大人的丈夫可也生死未卜啊……真是真是。虽说武士的妻子不应该这么外露情感，但换个位置想想会怎样？新田大人被足利设计遭乱箭杀害。啊！真是让人揪心的传言啊！三郎刀祢，还有父亲大人是否能够幸免于难啊？出门时，三郎将这把匕首交付于我，说道：‘忍藻，你我这段良缘……今后等我取得功名归来，虽不知具体何时，但你一定要超过那些寻常妇人，切不可有矫揉扭捏之态，所以没有给你留下什么无意义的信物。作为我们再会时的念物，我将这把珍藏的匕首（里面饱含着我的心意）留给你，你就不会被烦恼羁绊……眼泪是毫无意义的。’”

“平日我都是豪情万丈，可不知怎的今天这胸口闷得慌。离别时的话语还句句在耳边回荡……它出鞘是多么凌厉！铿锵激鸣，映射的是挂满泪痕的容颜。我的心还不那么柔弱……柔弱到挂满泪水……昨夜那吓人的梦啊……哎，越是觉得不能想得太多心情越是……汹涌澎湃不能平息。说起矢口啊，矢口在何处？若是有对翅膀该多好……”

陷入相思的忍藻再也忍不住了，眼泪不由得簌簌掉了下来。不用说，愿意相信荒诞之事的世人自然也会对梦格外上心。越是考虑思绪就越是一发不可收拾，即便不是如此，丰富的想象力信马由缰也会让人丧失判断力。若是尽早减少胡思乱想也不妨，可惜普通人很难控制自己的思绪。不可思议的是，在忍藻眼中首先映射出三郎的面庞，接着是父亲的身姿，惨白的姿态出现在面前。血，满身都是血的样子出现了。山风吹动篱笆也好似三郎和父亲的声音。“咚！”远处寺庙钟声的哀鸣也好似无常之兆。

不想让别人看见自己睹物思人，过于沉溺于相思之中，于是忍藻拿起手边的一本古今集随意翻开，也不读出声来，只是想着慢慢安抚心中思念的细虫。

“无题……躬恒……贯之……出使……往姑娘的身旁……渡雁……”她自顾自地念着。或是因为依恋之故，算起来从离家到现在已经七日了，第七天就如此焦躁不安……说出来的话都被母亲认为是在发牢骚……大雁哟，看着大雁悲叹的故事真是……大雁！大雁是有翅膀的啊……

但由于是自己的心上人，所以在内心深处总还会期待“不会真被杀死吧”。即便如此，泪腺的闸门还是毫无理由地被打开，滚热的洪水汹涌而出。

就这样有一段时间忍藻被沉默支配，突然从内部传出一声咆哮打破寂静：“习武不正为此吗？”

就在那一瞬间，灯火突然熄灭了，黑暗开始笼罩空间，未烬的火盆开始独自摇曳。

下

夜色渐渐从城里退去，潜伏在竹林中的麻雀开始重新开会，从房间的隙缝悄悄透进来的晨光渐渐将四处的黑暗逼退。远方的山脚开始掀起茜色的幕布，远近的溪水开始腾起朝云的狼烟。“天亮了，忍藻早就应该起来才是，怎么还没听见她的声音呢？”母亲起身收拾了一下，快快地漱了口洗好脸，用黄杨木梳麻利地梳了一会儿头发，然后从房间角落的竹筒里取出生蜡用火化开，一边不断地往头发上抹一边说：

“忍藻你快过来。生蜡已经融开了，你不涂一点吗？”

可是，一点儿也听不见回音。

“忍藻，起来吧，不要贪睡了。秋天夜长……快点啊，忍藻。”她微笑着说道，“昨晚还胸怀天下，担忧战场呢，到底还是小姑娘啊。现在睡得这么沉，罢了，我去叫她起来吧！”

打开忍藻房间里的隔门，母亲大吃一惊。积灰的长刀、地板上的东西，当然还有三郎留下的匕首都不见了踪影。“啊呀，是我大意了！应该比平时更注意的……确实怪异得很啊，我真是愚蠢至极啊，没有想到！肯定是听我的安慰话听得不耐烦溜走了。啊呀，不得了啦，这下不得了啦！”

这一下子心里就像炸开了锅。好比明明端着盛早膳的釜还追出去寻找釜的厨娘，又好似明明手里举着锄头还飞跑出去寻找锄头的佃农一般。家中大乱。一眨眼工夫，她就跑到不动明王的神像前点亮明灯祈祷起来。虽看上去勇武，但毕竟是个女人啊！母亲突然无头绪了。“没有好好用心安慰她是我的失策。她不会就这样跟着去了镰仓吧？即便是精通武艺……在这个血腥世界……一个女儿家单身……竟不顾夜色独自一人……”

越想越可恨，越想越可怜，越想越伤心，越想越后悔。今天的母亲变成了昨夜的忍藻，连鸟声也似忍藻之声，所有人都好似忍藻的容颜一般。母亲到忍藻的房间查看，仿佛身边还环绕着忍藻清新的体香，看到忍藻的梳妆盒有如忍藻还在身旁。“如此心慌究竟为何？应该早点去大圣威怒王那里祈求……哎，不管怎么祈祷都无法安抚内心，我这心越来越慌，总是想起忍藻。”心毕竟不是物，虽说母亲的心属于母亲，可怎么也控制不住。闭上眼睛努力沉静下来，即便一心诵读陀罗尼经却只是嘴上念念有词，经文一点儿也无法进入脑海。“不有，不无，不动，不静，不红，不白……”这些经文似乎都如忍藻一般。

只要看到身旁有人便想去商量。即便知道对方既不是神明又不是阴阳师，即使全然不知情的人，也想屈膝祈求对方为自己出个主意。由于是自己心上挂念之人，内心深处还是期待着“多半没事吧！”即便有所担忧，也无法说出口。倘若对方的回答跟自己的想法相近却又无法相信“事实上的确如此”，虽然有些以偏概全，不过都是安慰人的妄念罢了。

世间令人同情的事情不胜枚举，然而没有何物能够胜过哀叹的种子。倘若哀叹之事确已发生无疑的话，那么哀叹自然有了空间。但如若在真正哀叹之事发生之前，让人一直思考某个不幸将要发生，越是想象越是心痛，这才是最令人难以忍受的。这样的时候并不一定就会泪水流淌，而是时不时因为自己的想象而自然不自然地流泪，催生的眼泪便成为哀叹的种子，让内心痛苦不已。

就这样，母亲和不动明王对瞪着眼，一句经文一段妄言，经文同妄言交互相争。这时进来了一位窝在家中无所事事的懒惰不忠的窝囊废（这里借用母亲的话）。

“门外来了一位不认识的武士，单枪匹马没有任何随从，说是有事求见。要不要让他进来？”

“武士？什么打扮？”

“一身便服腰间挂着一把刀。面目可憎、穷凶极恶的男子……身上还带有战争留下的伤痕……”

“实在不吉利。在这种时候哪有时间跟人会面……”

不假思索地脱口而出之后，她转念一想，说不定会有丈夫或女婿的消息，于是改口说道：“这样吧，还是让他进来。正好有些事想问问他。”

下人领命出去了，随着进来的是一位三十岁左右的武士。

“初次见面，我叫大内平太，以前是北畠的手下。同秩父刀祢曾在阵中相会，有句话要我带给您……”

“带句话”，一听这句话，母亲的心中仿佛被钉下了一颗钉子。

“新田大人是如何成功进入镰仓的？”

“你还，还没听说吗？他被尧宽所骗，早已尸沉大海……在矢口。”

“那……真是事实吗？不是骗人的吗？”

“你说什么……是骗人的？”

因为与之前的想法完全相反，母亲这才仰天长叹，到底比起新田之死她更加担心丈夫和女婿的生死。

“那么那时候民部大人呢？”

“对，我就是想跟您说这件事。我正准备前往镰仓，疾驰途中，在武藏野发现了秩父刀祢他们二位……”

“那么秩父他们怎么样了？”

“没想到……”

“不要吞吞吐吐。快说，快说，快！”

“没想到被敌人发现，然后，就这样被杀害了……”

“这这这……被杀害了……居然就这样被杀害了……”

“你震惊也是有道理的，我一开始也不知道，以为在草丛中呻吟的可能是被熊撕咬过的鹿吧？过去一看，惊呆了，居然是他们两位。”

母亲已经无法继续听下去了。刚才还忍耐了一会儿，现在早已憋不住了，直接哭倒在地。尽管昨晚教训忍藻时豪情万丈，但人非草木，今早忍藻才失踪不见，现在就听到这个噩耗，母亲心里已经乱作一团，而今她嘴里说出来的都是牢骚。

“啊，丈夫啊……你们啊……让忍藻担心的，也不知是不是虫……虫儿的带信！大圣威怒王啊，你怎么不将平时的笃信……我的……还有平太，在那时帮助一下他们啊！”

她哀怨地念叨个不停，突然在说完这些话之后抽泣起来。

“听我说哟，这是何等的不幸啊！丈夫和女婿已然死了……平太刀祢啊，听我说哟，我女……女儿忍藻也……忍藻也，平太刀祢啊……忍藻也刚刚出去……昨晚……感应到了，平太刀祢。”

“昨夜，究竟发生了什么？”

母亲已经没法流利说话了，只好用手比画着告诉了平太详情，听完之后平太刀祢脸色大变。

“如此说来，那件链纹单衣……”

话说到一半突然停了下来，但是母亲已经追问起来。

“你是如何知道忍藻的链纹单衣……”

“链纹单衣是什么啊？”

“你说什么啊？平太刀祢，我女儿，忍藻的打扮啊。刚刚从你口中听到的啊？！”

平太刀祢知道已经藏不住了，

“没办法了，虽然很惨，也不得不向你实说了。虽然又将再添哀愁，也请一定要忍住悲伤……实际上，你家小姐身着链纹单衣，手里拿着长刀……作为母亲请您一定要坚强，不要太悲哀……被野兽追赶遇难，小腿被啃断死在北山。”

只见母亲的眼睛睁得大大的，平太继续说道：

“我来这里的途中，没想到目睹了这一幕。想来也是不可思议的缘分，那时候还不知是你家小姐……竟然发生这么悲惨的事情，一转眼工夫居然三个人都……”

母亲的眼睛仍然睁得大大的，似乎想说点什么似的，嘴唇抽动着，却一句话也说不出来。

这时院外到门口到处是吵吵嚷嚷的人声。

“忍藻被熊吃啦！”

顺便提一下，那时候神田明神是在一个叫作芝崎村的村庄，这个村子就在现在骏河台东口一带。因此，两位武士从九段远眺刚好可以看到神社的屋顶。如果当时的位置正好是现在这样的话，应该是没法看得到的。

摘自《日本文学 77 名作集辑一》

中央公论社

1970 年 7 月

译者　林冰莹

两位官员

宫泽贤治

宫泽贤治（1896—1933），生于岩手县，毕业于盛冈高等农林学校。日本昭和时代早期的诗人、童话作家、农业指导家、教育家、作词家，也是虔诚的佛教徒与社会活动家。

由于在生前出版的作品只有诗集《春与修罗》以及童话集《难以伺候的餐厅》，所以他一直处于几乎毫无名气的状态。死后，友人草野心平尽心尽力地推荐他的作品，终于获得极大的反响，名望快速攀升，现在被日本人尊称为“日本国民作家”。

那个时候，风穗的原野，可谓壮观。

一望无际的青葱葱的茅草、泛着光的灌木丛和如烟雾一般抽穗的草，还有各处的栗子树和赤杨组成的小树林。

原野现在变成了练兵场、小米地、苗圃，虽然现在骑兵的骏马溜黑发亮，穿着白色汗衫的人在辛苦劳作，还不时有汽车呼啸而过，一幅很动人的风景，但是以前更是美不胜收。

每到九月，我们都会来到原野，尤其是我和藤原庆次郎经常一起出去。镇上的孩子只在星期天出来，所以我们无论哪天都能采到很多青头菌和栗子。虽然每次都去到很远的地方，但星期天还要走得更远。

话说，九月末的一个星期天，和往常一样，一大早我就邀庆次郎来到原野入口。路旁栗子树前面立了一块告示牌，当时我们已经是五年级的学生了，便流利地把上面的文字念了出来。

“本日由于东北长官一行到此出游，闲杂人等禁止入内。东北厅”

我们很失望。庆次郎更是憋着通红的脸，反复念了好几次。

“真郁闷，来了个大人物啊！进去会被骂的，还是回去吧。”听我这么说，庆次郎有些生气地回答道：“怕什么！进去吧，进去吧，这里是天子的地盘，又不是警官的，我们到更深处去吧。”

我也开始有点感兴趣了。

“喂，还真想看看东北长官长什么样，你说他生着怎样的一张脸呢？”

“大胡子，戴眼镜，之前来的那个大臣不就那样吗？”

“我们躲在什么地方偷偷看吧？”

“看吧看吧，在寺林蹲点怎么样？”

寺林就是现在练兵场的北端，是原野中最美的地方。赤杨林围成一个圈，圈内是柔软的草地，满满地铺了一片，仿佛公园的草坪一样。

我们打算躲在草丛中。

“就这样，我们得赶紧去，要不会被发现的。”

“那跑过去吧。”

我们几乎是一溜烟儿地在原野的小路上狂奔。觉得呼吸困难了就停下来边看看天空边走，或是朝后看看，然后又开始跑起来。跑着跑着终于到寺林了。我们便在离小路不远的赤杨林里藏了起来。虫儿在窸窸窣窣地叫着，上百的鸟儿结着队哗啦啦地从头顶上飞过，完全没有人来的迹象。渐渐我们也不那么害怕了，便开始在茅草丛中找青头菌。像往常一样，我们找到了很多青头菌，不知不觉地把长官的事儿抛到了脑后。

忽然，庆次郎跑到我身边紧紧依着我，在我耳边悄悄说道：

“来了，来了，他们终于来了。看那边，嗨！”

我蹲在草丛中朝我们来的方向瞅了瞅，看到两个官员匆匆地走过来。他们似乎是偏离了小路朝我们走来。我们几乎是屏着呼吸，看着他们大步流星地逐渐走近。

“就是这片林子吧？应该就是这里。”

一个满面通红、体格健壮，穿着深蓝色立领的官员说道。

“嗯，是的，没错。”另一个穿着黑色衣服的官员回答道。

嘿，感觉会被他们杀掉，原以为他们绝对不会注意这个小林子就穿过去，没想到他们在什么地方轮番盯着呢。即便不被杀掉，也会被绑起来吧，我们做好了思想准备。我看了看庆次郎，他果然脸色铁青，连嘴唇都干得发白。我不想提着刚刚采到的青头菌被绑在大街上示众，于是悄悄地对庆次郎说：

“会被抓的。一定会被绑起来的。把蘑菇扔掉吧，把蘑菇……”

庆次郎什么也没有说，只是默默地把装着蘑菇的小篮子直接扔掉了。我也轻轻地放开了篮子的细绳。但是，那两个人好像并不是为了抓我们而来的。

他们转来转去，看着树木最高的地方，然后又突然停在小树林前面。接着好一会儿不知道在干什么。我艰难地透过枝繁叶茂的空隙窥探，看到两个人将白面粉的袋子夹在胳肢窝下面，正解开被绑住的口子。

“在这附近应该可以了吧？”其中一个人说道。

“嗯，可以吧。”另一个人回答后，只听见吧嗒吧嗒的声音。应该是在撒什么东西。我想看他们到底在撒些什么，想得心痒痒，连命都不想要了。

两个官员朝对面的赤杨林走过去，又撒了好一阵子。突然一个人说道:“喂，失败了，失败了，全搞砸了。你的袋子里还有很多吗？”

“为什么？搞错林子了吗？”另一个人惊愕地问。

“所以啊你，虽然不知道这是什么树，但肯定不是栗子树，这里无缘无故掉了一地栗子，不露馅儿才怪！”

另一个人用沉着冷静的声音回答道。

“嗯，不用担心那些事儿，从一开始我就注意到了。还用你来告诉我呀？如果被问到是从哪里来的，就说是被风吹过来的就行了嘛。”

“那样怎么行得通。真为难啊，找一棵栗子树底下撒吧。啊，好，这里好，是栗子树。就说是从这棵树上掉下来的就好。啊，有救了！喂，这儿多撒些吧。”

“那当然啦。”

接着就听见吧嗒吧嗒地传来栗子打在栗子树干上弹落的声音。我们俩不约而同地看了看对方。已经没事了，那两个人不是为了杀我们而来的，他们甚至不知道我们的存在。我们感觉世界仿佛都明亮起来。

要逃走的话就趁现在，我们不约而同地想到这一点。证据便是我们仅仅互相对望了一眼就立刻站了起来。接着我们轻轻地拨开草丛，想从林子的后方逃出去。这时一个官员叫了起来。

“有人在。明明说过不许进来的。”

“是谁？”另一个人也叫起来。我们完全失策了，觉得自己真是干了一件蠢事。

那两个官员已经呼哧呼哧地从对面的草丛冒了出来。一时间，只见林中闪烁着太阳金黄色斑驳的影子。

“喂，是谁，你们是从哪里进来的？”穿深蓝色制服的人对我们说。

一开始我们像死了一样看着那两个人朝我们靠近，他们的脸变得通红，仿佛冒着热气一般，鼻翼上冒出了大颗大颗的汗珠，不知怎么的我们突然开始害怕起来。

“从那边进来的。”我指了指路的方向。接着，那个官员便认真地说道：

“啊，原来那边也有路啊！没在那边也立上一个牌子真是失误啊！哎，你！”他一边说一边朝后面跟上来的穿黑色制服、扛着小麦粉的另一个人说道。

“嗯，果然还是有小孩子进来啊，不过没关系，只要把他们从这个林子赶出去就好了。喂，你们两个，今天有一位了不起的大人物要来，不能待在这里哦。如果想待在原野那边也无妨，一直往对面走，别让这边看到就行，也不要出声。”

我们互相望了一眼，然后默默地提起笼子打算朝对面走去。

庆次郎微微鞠了一躬，我也照着做了。深蓝色制服的人将空袋子绕在手上，然后曲着身子弯着腰。

我们正要走，穿黑色制服的人在背后说道：

“喂喂，你们是在这里采蘑菇吗？”

又来了！我微微怔了一下，但那时候怎么也说不出“不是”这句话。庆次郎沙哑的嗓音发出“啊”的一声，那两个人便走近来看我们笼中的东西。

“还有吧？这附近的某个地方，能帮我们找出有很多蘑菇的地方吗？会给你们奖励的。”

我们一下子觉得事情变得有趣起来：

“还有很多哦，我们来帮你们找吧。”我的话刚刚说出口，穿深蓝色衣服的人就慌张地摆摆手叫起来：

“不是不是，不能采，你们只要将地方找出来告诉我们就行了。找找看吧。”

我和庆次郎仿佛触电了一样，拨开草丛跑起来。然后我很快找到了并排长了三朵青头菌的地方。

“找到啦！”我叫道。

“是吗？”那两个人兴冲冲地跑过来看。

“什么嘛，才三朵。长官带着家人一行六人来，才三朵肯定不够，就算一个人十朵的话，没有六十朵是不行的。”

“六十朵左右没问题。”庆次郎在另一边儿用袖子擦着汗说道。

“不行，七零八落地散乱在各个地方的话是找不到的，得把它们集中在两个地方。”

“青头菌才不会那样长在一起呢。”我也趁势说道。

“嗯，那些事情不用在意，要不你们把采集到的青头菌重新插到附近吧。”

“这个主意不错。”穿黑衣服的人一边捻着短短的胡须一边回答。

“喂，把你们篮子里的青头菌全都给我们，待会儿给你们奖励。”穿深蓝色制服的人笑着说。我们默默地把篮子交了出来。两个人蹲着将篮子反扣过去，数了数青头菌的数量，然后又把比较小的青头菌扔进篮子。

“正好，有七十个。把它们插到这附近吧。”

穿深蓝色制服的人试图把青头菌插在草丛间，但它们立刻就倒下了。

“啊，用茅草将它们串起来不就好了。看吧，就像这样。”穿黑色制服的人一边说一边摘下一寸左右的茅草，插到地上，然后将青头菌的菌腿儿直直地插了上去。

“太厉害了，太厉害了，刚刚好，喂，你们两个，去把茅草切成大概那么长的样子。”

我们终于笑了起来，那两个人也笑了起来。不一会儿，他们便把我们采集来的茅草全部插在了那附近，然后在上面插上青头菌。这件事干得实在太漂亮了，但也太滑稽了。第一根茅草倒下后青头菌的断部也露出了马脚。穿黑色制服的官员看到我们在笑，神色复杂地说道：

“好了，你们两个人可以走了，这个袋子给你们。”

“嗯，对了，这个，是给你们的奖励。”那两个人把白面袋朝我们扔过来。

鬼才要他这种东西呢！我们这样想着，但是一想到他们变得严肃的脸，我们就无话可说了，只好默默地接过来。然后，我们出了林子。走出林子的时候，我们回头望了一下，看到那两个人笔直地站着，似乎在频频看着那些人工种植的青头菌公园，不一会儿，便听到他们说：

“不行！这样果然还是不行的。如果被知道了会出大事的。”

“嗯，我也觉得怎么看都有点危险。算了吧，把它们都拔掉吧。就把它们藏在这附近，装作是采的，再把它们送给大小姐不就好了。这个方法比较安全。”我们在远处清楚地听到了这句话。我俩对视一下，然后情不自禁地笑出了声。

接着我们一溜烟儿地逃走了。

当然，那两个人并没有追赶我们。那天傍晚，我们绕了好大一圈远路才回家。听说那个东北长官中午就到了原野，跟家人乐融融地玩到傍晚才回去。第二年，我们去了镇上的中学上学，偶尔会遇到那两个小官员。他们或是挥着拐杖，或是夹着公文包，或是因赌马等喝得烂醉大声嚷嚷着。我们仍然清晰地记得那两张面孔，不过他们看到我们的时候却总是表现出一副似乎在哪儿见过这两个孩子，却怎么也想不起来的样子。

摘自《新修宫泽贤治全集　第九卷》

筑摩书房

1979 年 7 月

译者　张闻

白椿

梦野久作[①]

梦野久作（1889—1936），著名幻想文学作家、诗人、侦探小说家、变格派推理大师，本名杉山直树，后改名为杉山泰道。1926年，在《妖鼓》投稿前，他曾拿给父亲过目，父亲看过后说："就像梦野久作所写的小说。""梦野久作"是博德地区的方言，意指精神恍惚、成天做白日梦的人。他曾有数十个笔名，自此以后便固定使用这四个字为其笔名。

知惠子是个可爱又漂亮的孩子。她因讨厌学习终日玩耍，学校考试也多次不合格。每次被父母训斥的时候，她总是想："啊，太讨厌了太讨厌了，难道就没有不学习也能让成绩变好的方法吗？"

① 本作品初次问世时署名为海若蓝平。

有一天，遇上必须做的算术题，偏偏不懂又困，她伸了一个大大的懒腰，走到庭院里。庭院里只有一朵白色的寒椿绽开了花蕾。知惠子看到它，想着：啊，要是能变成这朵花该多好，不用去什么学校之类的地方，只要绽放就惹人怜爱。啊，真想变成一朵花啊！于是靠近去嗅了一下它的芬芳。

没想到这朵白椿花香气四溢，让人一阵晕眩，她被噎了一口气，"阿嚏！"她打了一个大喷嚏。睁眼一看，怎么回事？自己不知道什么时候已经变成了一朵白色的寒椿花，眼前站着一个跟知惠子一模一样的女孩子，正看着自己呢。

知惠子吓了一大跳，但什么也做不了。只是呆呆地看着那个女孩子，那个女孩子一边看着知惠子，一边说着："啊，多美的花啊！这花香多醉人啊！真想将它插到花瓶里再去学习啊！我去问问母亲吧。"

说着，她就欢快地跑开了。

不一会儿，知惠子的母亲拿着剪子回到院子里来了。

"哎，你居然说要学习，简直太稀奇了。你要肯认真学习的话，一支椿树花算不了什么。"

母亲说着，将知惠子这朵椿树花咔嚓连枝剪断，插到花瓶里，放到知惠子的书桌上了。

知惠子从桌角偷偷地看过去，那个女孩一副高兴的样子，用怜爱的眼神儿看着自己，终于拿出算数本子开始做起练习来了。

知惠子变的白椿花羞愧得脸都变红了：算数本子上尽是错误答案，到处画着无聊的画。女孩用橡皮将那些东西擦得干干净净，又将答案一一改过来，还将明天的预习也写好了。看着这一切，知惠子渐渐明白了做算数的方法，觉得有趣极了，自己也想试试看，无奈已经变成了一朵花。

不一会儿，女孩就将算数写完了，然后她打开书，把铅笔写着的小小假名都擦去。接着，她把明后天的预习做完，把笔盒和书包清理干净，又熟练地把铅笔削好后，按照时间表把书本和记事本放在一个地方，端端正正地摆在书桌上。她打开抽屉，将塞满胡乱书写的纸屑和线团展开，把纸张做成本子，将线团卷在线轴上。这都是之前知惠子干的好事，知惠子尴尬得想找个洞躲起来。

女孩接着走向在厨房干活的母亲，说道："母亲，让我来帮您吧。"

母亲沉默了一会儿，盯着女孩的脸，然后用湿淋淋的手用力将女孩拥入怀中。

"你啊，怎么突然变得这么乖了呢？"

她一边说着一边吧嗒吧嗒地掉眼泪。

变成寒椿花的知惠子颤抖着身子望着眼前的一切。知惠子和母亲从来没有过那么亲密的举动，她太羡慕，太难为情，太后悔了。不知不觉，宛如水晶似的露珠就扑簌扑簌地滴落到了书桌上。

之后，女孩所做之事，没有一件不是让知惠子佩服的。

那些来家里找知惠子去玩的坏朋友，知惠子都让母亲代为拒绝，她只跟好孩子玩了。

“知惠子知惠子大笨蛋，知惠子没脑子烂学渣，一年两次考不过，毕业无望哈哈哈。”

任凭恶作剧的男孩子怎么在外面捉弄，知惠子只管在家里学习。

学习之余，知惠子还跟母亲学习编织。晚上，给祖父揉肩膀。无论是母亲拜托，还是父亲要她去做什么事儿，知惠子都有求必应。不仅如此，知惠子自己的事情，绝对不会给母亲或祖母添麻烦。

家人们又惊讶又感叹，对她赞许有加，还给她买了各种各样的东西。但是，女孩将那些东西视若珍宝，舍不得用，至今都还用着知惠子的旧东西。

比起家人，更吃惊的是学校的老师。以往无论老师问什么，知惠子都低头不语，现在无论老师问她什么，她都能认真学习记住，有时候反而会问一些让老师为难的问题。

不光如此，以前知惠子在运动场玩耍时，动不动就哭泣、生气、闹别扭，老说一些招人烦的话，现在她突然变得热心友善起来。不管是玩什么游戏，她都不再被讨厌，每次都精力充沛地与同伴们愉快友好地玩耍。久而久之，她的朋友变得越来越多了。以前不想跟她靠近的朋友，现在也想跟她一起玩耍甚至到她家里来了。

那个女孩总是跟爱学习的孩子一起玩，安静地学习。

到她家来的朋友，都对书桌上的那支寒椿花赞美有加。这时，女孩子总是这样回答：

“我总是在想，我也想变成这朵寒椿花。”

“真的很想呢！”

大家都被女孩子一尘不染的心境折服，感叹不已。

知惠子这朵寒椿花日益失落，悲伤起来。“像我这样的坏孩子就慢慢凋零好了，用那个女孩子来代替我也许能让大家幸福。拜托了，老天爷，希望您让那个女孩子代替我一直幸福下去，就这样一直持续下去吧。”知惠子衷心地祈祷着，眼泪扑簌扑簌地落下来。

不一会儿，她的神志渐渐模糊，突然就无力地垂下头来。

“喂，知惠子，真了不起。明明每个科目都拿了甲，为什么还要跟以前一样把成绩单藏起来呢？快起来啊，知惠子，老是学习的话会弄坏身体的。”

知惠子听到母亲的声音。猛地睁眼一看，发现她伏在打开的算数本上睡着了。

眼前书桌上的花瓶里插着一枝只有枝叶的椿树枝，那朵花早已枯萎凋零，寂寞地躺在桌上。

摘自《梦野久作全集　辑一》

筑摩文库、筑摩书房

1992 年 5 月

译者　张闻

二道血

石川啄木

石川啄木（1886—1912)，歌人、诗人、评论家。原名石川一，石川啄木是他的笔名。啄木出生于岩手县的一个僧人家庭。代表作有诗集《憧憬》(1905)、歌集《一把沙子》(1910）等。

童年时代的追忆如梦幻，欢乐、悲哀也无罪过，之后带着一种云雾般的迷蒙。时至今日，带着一份朦胧的丧失感像看一场天真无邪的儿童剧般怀念旧事。十五六年岁月流逝，时至今日，仍然有两件事清晰地铭刻在我的脑海里，难以忘怀。

具体哪件事在前哪件事在后，已经不甚明了了。不过，我六岁时进入村里的小学，二年级升级大考我经历了人生唯一的一次落第。那次落第时已经认识藤野，一是记得那是八岁二年级留级时暑假发生的事情；还有一个是记得当时是盛夏时节，应该是发生在那阵子。

现在文部省规定很严格，已经不会出现让学龄前儿童入学的事情了。但是在我小时候，可能因为是在乡下的缘故，入学并不需要太繁杂的手续。话虽如此，让年仅六岁且如此纤弱的我去上学也属罕见。其实是因为平时跟我一起玩耍比我大一两岁的小孩，全都上学去了，留下我寂寞难熬，于是差不多每天都向仁慈的父亲撒娇。起初父亲说我年纪太小不让我去，后来可能觉得这也未必是件坏事，于是他终于到学校请求高岛老师。第二天我便背着父亲给我买的折叠石盘呀，墨砚呀，石笔之类的东西跟大家一起去上学了。可惜我比其他同级生迟了一个月上学。父亲本是个喜欢学问的人，在没有特别事情的冬夜就会拿着褪色到看不清文字、封面破破烂烂的孝经、十八史略之类的书籍，去找高岛老师一边聊天一边听老师传授。

那时父亲三十五六岁，在乡下算是比较稀罕的晚婚，加上我没有兄弟姐妹，是唯一的嫡子，从小到大没有人对我说过严厉的话。我身高虽算普通，体形却非常消瘦单薄。虽然与邻居小孩一起赤着脚在外面玩，却不知为何仍然脸色苍白，不论赛跑还是相扑我都从没赢过。以前，在玩耍途中还发生过一个人偷偷回家的事情，这坏习惯上学后也未改变。到处乱涂，有时候私自穿过木栏而遭老师责骂的事情也常有发生。还有就是我极自卑，沉默寡言，老师叫我念黑板上的字的时候就会面红耳赤，变得像石头一样僵硬，低下头不能回话。尽管当初是我自己要求上学的，最终我却对学习毫无兴趣。加上有时候会趁午休时间回家后就躲在没人知晓的杂物柜里逃避下午的课。抱病的母亲曾抚摸着我的头说过，如果这孩子多跟其他小孩打打架就好了。我虽没有言语，其实心里在想如果打架我是定输无疑的。

我家虽说有村里唯一的一间木桶屋，但仅靠做木桶始终不够维持生计，故向近乡最大的地主近江屋借了一些田种点庄稼。以前，一年到头米饭都无黏性，所以偶尔晚上有访客时，母亲就会抓点白米煎一下，代替茶水去招呼客人。而我们更是整年都穿着布满补丁的裤子和仅到腰的褪色衣服，也习惯了跟穿同样服装的小孩们赤脚走路，头发长了父亲会替我剪头发。我名字虽叫桧泽新太郎，但村里的人都叫我“桶屋的新太”。

如前所述，在学校我一点都没有用功学习，以至于一年级升级时沦落到全年级三十多人中的倒数第二名。关键是，邻居两侧的小孩一个是高一年级的男生，一个是同级的女生，两个人都拿到用漂亮的花纸绳扎着的奖金，即使只是孩子，也觉得自己不争气，颁奖仪式那天一回家就如平时一样躲起来，在大火炉旁蹲着直至太阳下山，闷闷不乐地用火箸弄着柴火，父亲见状，吃过晚饭后，买了两个黑羊羹给我，安慰我说因为我最年幼。

第二天我就把这件事忘得一干二净，之后跟平时一样时不时下午逃课。可是七岁那年的正月，学校进入第三学期时发生了一件很罕见的事情。一个叫作佐藤藤野的村里无人能及的漂亮女孩突然加入一年级。

百余名学生不禁看呆了。事实上，即使现在回想起来，藤野也是前所未见的可人儿，前发长至眉边，脸圆圆的，眼睛黑溜溜的，又明亮，脸颊雪白，笑起来还有个小酒窝。男生就不用说了，平时女生上学都只用些红碎布之类的东西草草地束起头发，用满是黄垢的手帕包起来。下雪天，当大部分人都穿着残破的雪鞋，拿折了一半的红毛毯从头包到脚上学的时候，穿着染有大菊花、华丽漂亮的唐绉绸和服的藤野交错在她们中间，在我们眼中简直就如村旁泥田上盛放的莲花般灿烂夺目。

据说藤野以前是在距离村庄不到十里的盛冈市一所学校上学的，她跟阿娘一起来到近江屋的分家，听村里人说，藤野的母亲是两三年前患上眼疾的新家夫人的妹妹，家里在盛冈曾有数一数二的五金店。不知为何破产后，丈夫上吊自杀了，于是她带着丈夫唯一的女儿藤野，来到新家邸帮着做点家务。她母亲也是身材娇小、皮肤雪白，是位开朗又和蔼的好人。

村里的学校那时只简单地设有基础课程，另外补习班有六七个学生，而老师只有高岛老师一人，课室也只有一间而已。即使不同年级，一旦藤野用那清脆的铃声般的声音朗读课本时，百余人就都放下石笔、毛笔聆听她的声音。尤其是我，早就已经厌倦透了习字和算术，经常看着藤野那边发呆，每次都被老师用竹鞭敲打头。

藤野无论什么科目成绩都很好。记得有一次，二年级的女生在课堂上恶作剧，被老师以藤野为榜样告诫，高年级的同学感到有点不服气，但我全然不觉奇怪，对当时的我来讲，藤野简直就是全校、全村，不，全世界最美丽、最善良的人。

那年三月三十日，按照往年的习惯举行了证书颁发仪式，近江屋主人为先，还有村长、医生，以及村里来的五六个人。家里特意给我穿上了珍藏的长袖和服，腰上系好白木棉的腰带，我跟大家一起到了学校。穿着黑套装的高岛老师也比平时显得更加郑重。校舍布置得体，正门交叉挂着国旗。我犹记得，国旗前面铺着白布的桌上，摆设了松枝和竹的花束，记得是插在一个大花瓶里的。朗读敕语合唱国歌后，十多个毕业生一个接一个地被叫到台上，大家都一脸欢悦领受毕业证书。其中优等生更会被叫到村长前领奖。终于到了公布进级生名字的时候，按照三年级、二年级、一年级的顺序宣读进级生的名字，但不知为何我没有听到叫自己的名字。“新太留级啦！留级啦！”旁边的小孩看着我的脸叫嚷着。我当时究竟是怎样的心情，现在已经回想不起来了。

毕业典礼结束后，我也得到近江屋主人派给大家的红白糕。其后，大家都一副意气高昂的模样回家了，只有我们落第的六七人被老师留了下来。住在村旁掘立小屋的女孩也在其中，她抽抽搭搭地哭泣着。但只有我一心想着说不定老师会迟些给我证书，于是毫无根据地淡定地等待着。

接着，学生一个跟着一个被叫进教员室，被告诫或鼓励，我是最后一个。老师说：“你年纪还小，身体又弱，多读一个二年级看看吧。”我的回答细若蚊蝇：“是！”正要磕头时，老师抚摸着我的头说：“你太乖了！”然后老师从桌上的盘子里拿了三片麦煎糕给我，我当时丝毫没有感觉到老师的慈悲多么可贵。那房间只剩下村长和两三位长辈。

我双手抱着纸包着的红白糕和麦煎糕，没精打采地走出教员室，走到正门时，只觉得满是黑暗和悲伤，突然想哭，却生生将涌到喉咙的声音硬吞了下去。老师的恩惠、朋友冷笑的羞耻、回家的说辞……种种心事涌上心头，眼泪不自主地流了下来。当时，不知道为什么还留在学校的两三个女学生从洗手间出来好心地问我怎么了，我突然觉得心跳得厉害，只是紧紧抓住附近的柱子蹲下躲着，不想让人见到自己的表情。

后方传来嗒嗒的草鞋声，“怎样了，新太郎？”原来是藤野。迄今从未跟她讲过话，被她一叫，我不禁抬起头，只见藤野那明亮的眼睛散发着柔光凝视着我。我随即又低下头，咬紧嘴唇，却难掩泣声。

藤野沉默了一会，言道：“不要哭，新太郎，我这次也只是最末，刚刚及格。”她像对弟弟说话般地跟我讲：“明天我拿好东西给你，不要再哭了，大家会笑的。”她想探头看我的脸，我把脸紧贴着柱子不想让她瞧见，她就急匆匆离开了。藤野虽然什么科目成绩都很好，可是因为她是第三学期插班进来的，升二年级时成绩就成了最差的一个。

那天黄昏，父亲忙着在店里嵌木桶框，母亲出去打水，我悄悄蹲在火炉旁边，在黑暗中向火堆里抛着竹屑，呆呆地看着那如伸舌般燃烧的火焰，忽然听有人在后门叫“新太郎、新太郎！”我一下子回过神儿来，从土房跳下来，草鞋也不穿就飞奔向后门。

藤野一个人倚站在门后，见我后莞尔而笑，“哎呀，怎么鞋也不穿呢！”她皱起眉头，然后匆匆地从怀中拿出一个用纸包起来的东西递给我。

她说：“这个送给你，你要努力加油，我也会。”我茫然站着，听她嗒嗒的脚步声在夕阳中消失，走了五六步后她回头举手在面前左右晃动了一下。我意会那是叫我不要告诉别人，便点头示意，她又嗒嗒走向梨树那边去了。

纸包里有一本西洋纸习字簿和一支旧铅笔，还有用淡红美利诺布包着的铅造玩具怀表。

那天夜里，我在微暗的油灯下，用那只铅笔，在礼物笔记本上小心地从课本第一课开始誊写了四五页。对我来讲，真正感觉到文字的乐趣实际上应该是那个时候。

人心这东西很奇妙，重读二年级课程后，我不知为何开始喜欢上学，以前难熬的五十分钟课堂，现在却瞬间过去，也没有被竹鞭敲头了。

在大教室里，南北两头墙上各有两块黑板，高岛老师经常匆忙地在四张黑板间来来回回授课，二年级学生朝着北壁靠西的黑板，坐在两排简陋的椅子上。而坐在前面的女生中自然有藤野。新学期开始的第三天，我第一次被老师表扬。只要认真地聆听老师的教诲，就会领会课堂的内容。记忆力好的学生一旦理解后就不会轻易忘记。老师让已经理解的学生举手时，我基本上没有举过手。

我没有什么讨厌的科目，而且特别喜欢习字。老师大多会吩咐我负责给同学注水，我拿着铁匙走向每一张桌子，一个个墨砚都放在桌子两端，大部分都是虎斑或黑石的，唯独藤野的是紫色的不知名的石头。而我替大家添水时，向我点头的也只有藤野一个人。

让我忧心的是算术课。我当时跟藤野一样才八岁，而有个叫丰吉的同学虽同级却比我们大两岁。体格高大，头脑又聪明。我懂的，藤野也大多都懂，而我们俩举手时丰吉也大都会举手。两岁的差异，在小孩来说有很大的差距，而最明显的就体现在算术上面，丰吉算术尤其厉害。

老师交代好问题后就会走到另一个黑板跟前去，转回来时便会高举竹鞭问："已经解答的人举手。"如果遇上有点难的问题，藤野不管举手或不举，都必定回头望着我的方向，我从未错过藤野眼中那如满潮般的微波。如果我们二人举手而丰吉没有能够解答的时候，藤野眼中总是闪耀着喜悦的光芒。若是丰吉和藤野都不会，只有我一个人举手的话，教室里会掀起一股羡慕的波浪；如若丰吉和藤野都举手，只有我不会的时候，藤野眼眸中会带点怜悯；但若我们都不能解答，只有丰吉一个人骄傲地举手时，藤野美丽的脸上会瞬间蒙上一层暗雾。

藤野朗诵课本的声音，绝不像其他女生那样声音小得连邻座都无法听到。她的声音清脆又响亮，发音亦跟村里其他小孩不同，有种特别的抑扬顿挫。那一两个月期间，我已经在不自觉地模仿她的发音。朋友们发现了都耻笑我，我也想着要改，但一旦开始念课本，那种抑扬感就出来了。有一次，在洗手间前的井旁聚集了六七人在高谈阔论，丰吉不期然地突然抛出一句令大家捧腹大笑的话：“新太和藤野不如结婚得了！”

藤野刚好站在距离五六步远的位置，她说：“会的，会的。”吓了大家一跳，我羞得满脸通红一气跑了出去。

即使是小孩子，男女也始终有别。我们在学校里甚少一起玩耍。到了黄昏，家家房梁和梁上的合掌装饰板都散发出晚餐的香味，孩子们经常一起玩寻宝游戏，或者捉捉迷藏。这种时候，就不会再分什么男孩女孩，有时候大家会一起玩到连太阳下山都不知晓。藤野如果做“鬼”时，定会盯着我追来。我暗自高兴，即使我身体薄弱，但始终是个男孩子，藤野虽咬紧牙根不停追来，却不易捉到我。终于她跑得喘不上气来，其实我故意被她捉住也无妨，但小孩子的坏心眼驱使我捉弄着她东奔西跑。即使如此，藤野每次玩捉迷藏的时候仍然会瞄准我为目标。

新家宅住了藤野和她的三个表兄弟。最年少的还没上学，年长的两个已上三年级和四年级，且两个成绩都不太好，与同辈的近江屋家的小孩经常打架。我隐约记得藤野被这两个表兄欺负，究竟是何时何地就不太清楚了。唯有一次，我担着小水桶到新家宅后的井边打水时，无意间见到藤野靠在后门柱旁潸然泪下。问她发生什么事了，她只是咬着衣服默不作声，见她那样，以我的性格本来就不会说些什么，只觉得自己都快要流泪了，于是匆忙用大杓打完水，担起水桶正要离开时，只听她叫我“新太郎”。

“怎么了？”

“给你看好东西。”

“什么？”

“这个。”她从怀中小心地拿出一支很精致的花簪。

“很好看呢。”

“……”

“你买的？”

藤野摇摇头。

“有人给你的？”

“母亲给我的。”她低声说着又啜泣了两下。

“因为被富太郎（新家长男）欺负？”

“是他们两个。”

我想安抚她，却一句话也说不出来，默默地看着她。“这个不如送给你吧？”她玩弄着花簪说，“可惜你是个男孩子。”她脸上有泪却展颜一笑，踢踏踢踏地跑进门里了。我想象着藤野被两个表兄欺负，于是她阿娘就给她花簪哄她的场面。路上想了想，觉得富太郎那张乌龟脸特别面目可憎，于是怀着一种奇妙的心情回家。

又过了四个月，七月末就要举行第一学期的考试了。考试结果：第一名是丰吉，第二名是我，第三名是藤野。就这样暑假开始了。我还记得藤野哭着说败给丰吉很可惜，富太郎更是幸灾乐祸地到处散播。

一进入暑假，大家就把书本、石盘放的地方都忘得一干二净，天天跑到山上的水池去游泳。我虽不是次次都跟他们一起去，但每次去了没多久就一个人先回家，到父亲工作的木桶店前面的地板房，在满是竹屑木屑中汗流浃背地复习。有时候，我会漫无目的地站在屋檐下等待，只求一睹藤野的身影。

之后，可怕的事发生了。

八月暑假中，已经忘了是月中还是月底，那是一个酷热天，万里无云，头顶被太阳晒得宛如火烧，加上一点风也没有，树木都像濒死一样，树叶都无力地垂着头。家家户户门前水沟的积水，在腐臭的泥中涌出灰灰的气泡，被太阳整天晒着的大马路上的碎石烫得烧脚，地面散发出的热气更令人胸口发闷。

村后有片广阔的大草原，走过大草原就有几十町大的农田，全都是近江屋的土地。中间有一条流过草原用于灌溉的小河，河边是近江屋终年打米的水车。

春天壶堇花开，秋天有桔梗女郎花，草原四季鲜花绽放，我们常常到那里游玩，那时刚好是萱草花开满，水车屋四周尤其多。小屋里有差不多两间大的水车从早到晚发出低沉的声音转动着，十二根大柱无间断地打着米。

那天我穿着无袖的旧衣服，腰带也没系，黑裤子加草鞋，两手擦着额上的汗，站在新家门口对面的零食店前。

忽然，近江屋的年轻人金次神色大变，从一町远的水车屋转角处跑来。

“怎么了？”有人问。

“藤野被卷入水车，被杵捣了！”他大喊着。我一时分不清真假，只觉得被电击了一般，禁不住“啊”的一声大叫起来。

那一刻，从年轻人身后二十间远处，一个全身布满白色米粉、胡子脸、大骨骼、六尺多的打米工抱着什么，疾风般飞奔过来。仔细一看，那不是藤野吗！

只见那男人到了新家门前正要进去时，刚才来报信的年轻人和光着膀子的新家主人冲了出来，大叫："送医生！送医生！"那男的停下脚步，随即又穿过我站着的地方往医生那边跑去。其间几秒时间，藤野那恐怖的样子映入我眼中。那男人像捉黄莺一样，抱着娇小的藤野。那美丽的面庞无力低垂着，两膝下雪白的双脚无力地摇晃着。左脚更是从膝头开始肿胀得厉害，只见三股鲜红的血流了一道！

随即，刚才的那个年轻人和新家主人也跑了出去。主人后面紧跟着的是身着白色浴衣的藤野阿娘，手里还拿着什么东西，鞋也不穿，裸足奔在火般炽热的石道上……

那紧紧闭着的嘴唇，跟捉迷藏时向我追来的藤野很相似，当然那只是百分之一秒的一瞬间。

这是在一个炎日、无风的正午时发生的事情。

我看着那条鲜血道路，突然感到胸口发闷，头也发晕，能看清藤野阿娘已算不可思议了。我一口气直奔回诊所前几户的家里，伏在正在工作的父亲膝上，就这样倒下了。

藤野就这样死了。

另一件事也是发生在那个时候，已分不清哪件事情在先，哪件事情在后，总之也是发生在炎夏的一个灼热的午后时分。

离村庄一里多远的K停车场，搬运东西的马车每日都要两三次地沿着村边直通北面的国道，扬起灰尘马不停蹄地往返。那天马车载着我们五六个人从村边到离三四町水车旁的野川土桥去。一行人都是精力旺盛的农家小孩，其中有小孩怕太阳照着头顶就用大片蜂斗叶代替帽子戴在头上。

过了土桥，看见两旁并列的若松树旁的松荫青草里，躺卧着一个衣着肮脏的女乞丐，身旁还有一个未满一岁的婴孩，一边用沙哑的声音无力地哭泣着，一边在草丛中爬来爬去。

拉马车的定老爷见状停马，问那女人："怎么了？"我们也都跟着跳下马车。

女乞丐吃力地从草中抬起头，污垢尘埃夹杂着汗水滑落脸庞，扁鼻丑脸呈现出难以言喻的疲劳和苦痛。左眉上有个血淋淋的伤口，一道血由脸流到耳下，直到胸口。

"我被马踢倒，走不了。"她快要断气似的说完，又俯下头。

定老爷看了看这女人，抛下一句："你到村里就行了。有医生也有警察在。"说完就咔嗒咔嗒驾着马车离开了。

我们在女人面前站成一排望着她。过了一会儿，丰吉拍拍旁边万太郎的肩膀说:“好脏的乞丐,整个头都是黑的。”

草丛中的婴孩露出奇怪的表情,趴在地上看着我们,女人一动也不动。

丰吉见此,忽然兴奋地说:“她死了!女乞丐。”边说边抓起地上的草向女人扔去,“拿草埋了她吧!”

于是,大家开始边骂边如丰吉所说向女人扔草,我则一个人站在远处看着。

突然,小孩大声哭了起来。女人在草堆中抬起头。

“哎呀,活着啊!还未死啊!”大家叫嚷着跟着跑在最前面的丰吉一溜烟逃回村里去了。我不知为何却动弹不得。

丑陋的女乞丐连擦血的意思也没有,用那混浊、极其疲乏且满怀怨恨的双眼,瞪着留在那里的我,我也盯着她。她那全是尘埃汗水的脸颊在炎夏炽烈的阳光下发着光,由脸流到胸口的那道血更是刺眼。

我突然感到一阵晕眩,眼前一黑,一股寒气穿身而过。虽比大家迟了三十米,我也朝着村里拼命跑去。

可是,不知为何我并未想着追上其他孩子。跑了二十米远,我停下,回头望去,两尺高的杂草遮蔽着女乞丐,不见踪影。再看看丰吉他们似乎早已忘记了乞丐的事情,边跑边唱着《吾等是官军》。

那时候，我抱着不安的心情迈着蹒跚的步子。在我小小的心里那张染了鲜血的脸不时浮现，我想着："老师曾经说过不得对伤残人和乞丐无礼，丰吉做那种事，即使他先我后，我也比丰吉更恶劣。"

那件事过后十几年，我在村里的小学以最优异的成绩毕业，更因高岛老师的厚爱，升读盛冈市高等小学，之后进入县立师范学校。可惜父亲因肺病在夏季离世，母亲亦不久后回到邻村的娘家。半年后听说她因事去了北海道，是生是死没有任何消息，也无法查询。

二十岁那年我考上高等师范学校，六个月前刚毕业。却因毕业考试前感染上恶性咳嗽且日益严重，最终在镰仓开始住院生活，已经过了四个多月。

病房里学友一语一字的友情都刻骨铭心，但我始终未能像大多数朋友那样经历所谓恋情。有朋友说我太内敛，警戒心太重，或许如此。有朋友说我从早到晚只埋首书卷，全然没有机会接触社会，似乎也没错。还有朋友冷笑说我变成了知识的奴隶，导致心灵冷酷如冰，说不定也正确。

躺在这张曾疗愈了多少人、送走了多少人的病床上，呼吸着早已习惯的药香味，枕着远离波浪声的枕头，沉醉的梦境也是十几年前的旧日时光。啊，藤野！

仅仅八岁那半年的短暂虚梦，自然称不上是恋情，说出口定会遭人耻笑，自己也觉得伤心。只是，一切好像木荫的湿气，在未见过世面的孤独半生中，她是从天上落下的一点红。说到红色，啊，那八月炎日下，流在雪白颈上的那道血！每次回想昔日，不知为何总会想起草丛中的那个女乞丐，也自然转念勾起一丝对失去消息的母亲的恐怖想象。咯血后陷入昏睡前那难以言喻的疲劳，夜晚沉入的梦境，反反复复涌现的都是母亲的身影，但已不是她真实的样子，变成草丛中怨恨地看着我、不知来自何处去向何处的那个女乞丐。抱病心凉，在人生寂寞与孤独且无从宣泄的夕阳时光，那份凄凄的依恋，还是在领略文学的乐趣之前。迄今学到的知识当然只是极其零碎，却令我倾注半生心血，还染上这等疾病。我或许根本学不到什么真正的学问，唯独那茫然的恐怖伴我左右。

啊，八岁那年三月三十日的黄昏！之后，藤野死了，遇到倒在路旁的女乞丐。父亲也离世远去，母亲亦下落不明。高岛老师去世了，几个朋友也离我而去。终于我也会死，人人各奔东西。大家都有一死，死后亦不会睡在同一个墓里。葬在大地四处的六尺之穴，无法交流，更无法会面。只有长在上面的茸茸青草。

男女会因沉醉于一时快乐而意外获子。想着人其实就是如此偶然诞生，便感到没什么比人更痛苦、更悲哀的了，一瞬间的偶然或许会变成一连串永劫的连锁。既然是必须诞生的生命亦毫无办法，如此想来岂不是最先逝去的人反而最幸福吗？

去年夏天，回到久别的故乡时，古栗树下父亲的坟墓被几年积累的落叶埋没。刻着清光童女的藤野的小小墓碑埋藏在萱草中，被雨水侵蚀得已经看不清字迹。

小学的新校舍建在村后野川岸边以前的那片草地上。

依然不变的是水车的那几根柱。

十七岁那年在拜祭祖先时堕马跌断右脚、废了左眼的丰吉，现在做了村役所的跑腿。回到村里时，他正擦着汗抄写第一期地租附加税的追税通知书。

摘自《石川啄木作品集 第二卷》

昭和出版社

1970 年 11 月

译者　谢咏臻

忏悔之塔

梦野久作

梦野久作（1889—1936），著名幻想文学作家、诗人、侦探小说家、变格派推理大师，本名杉山直树，后改名为杉山泰道。1926年，在《妖鼓》投稿前，他曾拿给父亲过目，父亲看过后说：“就像梦野久作所写的小说”。“梦野久作”是博德地区的方言，意指精神恍惚、成天做白日梦的人。他曾有数十个笔名，自此以后便固定使用这四个字为其笔名。

在基督的眼里，“凡看到妇人觉得漂亮之人，定是罪人”。如果按照这样的观念来考虑，世上的人大都成了罪人。话虽这么说，我并不打算在这里宣告某某人犯下了必须处以徒刑的罪行……即使有这样的事实发生。如果明明不存在，却说发现了犯罪，才是真正的犯罪吧。

因此，请原谅这篇既暧昧又不彻底的“我的犯罪”自白。

首先，让我从简单的地方谈起……

这是在我经常往返于东京与福冈期间发生的一件事情。那天我坐在疾行列车上百无聊赖，便从口袋里拿出一本小小的杂记簿给一位约四十五六岁倚靠在眼前窗边打盹的绅士写生。他谢了顶，宽宽的额头，像蚰蚰一样的双眉，眼角下垂，小小的耳朵，硕大的鹰鼻，像军舰一样的下巴。当我仔细地画完合上杂记簿时，那个人睁开眼睛看着我，笑着说：“画好了吗？”

我父亲有以戏弄儿子为乐的怪癖，而且是采用相当残忍的方法……比如作为奖赏，我理应从父亲那里收到4块金表和2块铂金表，然而我从未得到过实物。我让这些数字印刻在记忆中，让这份遗恨痛彻骨髓。

后来我的镍壳表坏了，恰好有机会上京便将表带在身上，央求父亲买一块新的。没想到父亲很仔细地晃了晃我的镍壳表后，满不在乎地说：“拿去修修，能用尽量用。”

说完便告诉我一家他认识的钟表店。我窝着一肚子火，带着层出不穷的念头，来到了钟表店，出来一位熟识的掌柜，说道：“欢迎光临，老爷的表已经修好了。因为有一块玉石碎了……我正想着送过去呢……”

他边说话边拿出一个大红木箱。打开一看，原来是父亲那只爱不释手的铂金表！表上还镶着粗锁链和放大镜。

我带着那块表逃回了九州岛。在过关门海峡时，得意地吐了吐舌头。然而，一回到福冈的家就收到了电报。

“铂金表，已报案。经调查，定是你小子偷走，速速送回。是以电报。”

我的脸一阵铁青，只好办理了贵重物品邮递把表寄送回去，还支付了让人眼睛发晕的高额费用。

就这样过了两周左右，我收到以父亲名义寄来的一块镶着锁链和磁石的金表。我还寻思着是否会收到书信或者其他啥的，结果什么都没有。

之后上京时打听了一下，原来所谓的通报警察一事全是假话，才明白又被父亲摆了一道。原本想把那块金表给他扔回去，但回头想了想，还是算了。

明治四十一年（1908 年），我加入了九段竹桥近卫步兵第一连队第四中队（要特别铭记），做了一年的志愿兵。某天晚上，我私藏在个人物品箱里的年糕被发现了。因为那条方布巾上绣有班副伍长勤务上等兵的名字，所以立刻成为班内的大问题。睡在我左右的四个上等兵候选人都被认为是嫌疑犯，每晚和我一起受到严厉的拷问。旧式单腿跪式、持枪站立射击式、卧射式体罚等都体验了，十几分钟乃至数小时的拷问也经受了，其恐怖程度，若非亲身体验肯定无法说明。

每晚点名后班里都充满了悲怆的气氛，然而五人都默默地忍受着痛苦。苛责的程度变得越来越严重。

到了第四天晚上我终于哭泣着坦白了。

私藏年糕的是我，但是我并没有盗窃上等兵大人的方布巾，所以一直没有招供……虽属实情，但如此勉强的狡辩也是少有的。

可是，因为这个辩解，后面的调查也就不了了之了。明明是用报纸包着放好的年糕，为什么会被伍长勤务上等兵的方布巾包起来呢？这件事情就这样不明不白地告终了。

四个嫌疑人中有怨恨我的人和相信我无辜的人，分为两派。班内据说也是众说纷纭，更有是别人偷了我的年糕的说法。

总之，因心里赌气，我说出“你们谁有种就把那块方布巾的事给招出来啊”的话，丝毫没有顾及其他四人的痛苦，后来每每想起那个卑鄙的自己，总是忍不住想大声叫喊出来。

之后，我便来到福冈，当了报刊记者。

因某个案件，晨报的市内版推迟了，接近凌晨三点，我抱着到主笔家睡觉的念头冲到他家，可是怎么都叫不醒他。我当时睡意蒙眬，站在门口又被蚊虫叮咬，渐渐自觉可怜，不抱希望地用力推了一下玄关门。借着里面的灯光，我看到两扇门之间挂着一把链条锁。

我心里暗自叫好，便用小刀撬开，进屋后再按照原来的样子把门锁上，在走廊尽头的拉门中拿出了蚊帐和被褥铺在客厅里，摆成大字躺下，望着窗边排放着的一盆盆牵牛花酣然入梦。

主笔夫人是位出了名的美人，据说那天按照平日的习惯早早地起了床。当她打开客厅门想看看牵牛花时，发出了一声惨叫，然后狂奔上二楼。之后，主笔家的玄关门就改用门闩了，据说是应了夫人的要求。

那天，如果主笔不在家的话……这么一想，现在都还冷汗直冒。

故事就讲到这里，还请诸位见谅。

摘自《梦野久作全集》

三一书房

1970 年 1 月

译者　林冰莹

后记

2014年笔者与学生翻译了《法窗夜话》，随后大家都有意犹未尽之感，因此开展了此项目的翻译。一开始只是《法窗夜话》翻译小组的几个主要负责人参与，原计划是以明治时期的散文为中心选择一些介绍日本风情世俗的文章，由于日本明治时期作品文体不统一，与“言文一致”运动发展后的现代文大不相同，加上一些古诗歌等夹杂其中，翻译的进程比我们预想得要缓慢得多。之后，学生们陆续毕业，又因大家工作繁忙，项目搁置了很长时间。2019年在编辑郭善珊女士的鼓励下，本人对原来的翻译稿进行了修改编排，并重组人员再次投入翻译工作，最终花费了一年半的时间才得以完稿。

这套作品共三册，分别是《京都的早市》《与太宰治共度的一天》和《雪的障子》。本来计划在东京奥运会期间出版，没想到中途受疫情影响，一切工作都不得不停顿下来，直到2021年赶在年底前陆续完成了最后的修改和校稿工作。得到近期将要正式出版的消息，想到大家多年的努力终于得以见天日，思绪万千，感觉既兴奋又惭愧。

日本的明治时代一般是指从1868年明治新政府成立到1912年明治天皇驾崩的45年时间。在这个时期日本国民经历了国内、国际政治的巨大变革。半个多世纪的时间里，日本改变了封建式的锁国政策，积极模仿欧美各国，引进立宪制度，将日本发展成为一个资本主义体制的近代国家，这些对大正、昭和时代的影响自然无需赘言。在这样一个瞬息万变的变革期间，日本文坛诞生了大量日后被誉为文豪的作家，留下了很多至今让我们百读不厌的跨时代的优秀文学作品。

这套作品集结的文章时代从明治到昭和初期，筛选出了具有时代特征的约70篇散文，是日本知识分子对人生、生命、文化、生活、艺术、社会、法律、语言、翻译等不同领域的理念、主张及日常生活的记录。文章清新雅致，文风幽默，寓意深刻，可谓篇篇都是珠玉良文。

参加本系列作品翻译工作的八名翻译大都是本人指导过的学生。他们都是在中国大学毕业后来日本留学深造的，坚实的汉语功底为他们从事翻译工作提供了很大的帮助。

蔡承纬出生于台湾省高雄市，他温厚寡言，随遇而安，因高中时接触游戏王卡片的游戏开始自学日语，其后又被日本动漫文化所吸引，对日本神话等领域也有所涉猎。中国台湾中兴大学毕业后，他于2012年赴日留学，在关西外语专门学校专攻中日口译笔译。他用悠缓的文笔向大家娓娓道出日本民艺运动的领袖人物柳宗悦所描述的京都早市风景。

陈怡如也是中国台湾中兴大学毕业后才来日本大阪求学的，之后任职于企业，从事有关生物专业书籍的翻译与校对工作。她翻译的作品《平民道》可以让大家详细了解新渡户稻造这位明治时期的教育家、政治家对西方民主政治的诠释和雄心抱负。

林巍翰在关西外语专门学校读书期间就已经是一位非常优秀的翻译了。他从中国台湾清华大学毕业后留日，现在作为专职的中日笔译工作者，已出版了二十余本译作。内容涵盖历史、政治、哲学、科普以及健康饮食等领域。他的作品《雪的障子》文采斐然，《空知川岸边》则把我们引到浩瀚无边的北海道，让大家领略自然的壮观。

涂丽君是江西南昌人，大学本科毕业后留学日本，在大东文化大学研究生院获得硕士学位。回国后主要从事日语教学及医疗翻译等工作。她翻译的《传而不习乎》可以让读者了解到日本艺术家北大路鲁山人先生对艺术的执着以及将陶瓷艺术和料理融为一体的艺术境界和审美意识。

谢咏臻出生于香港，大学毕业后就职，于 2011 年留日，继在关西外语专门学校专攻中日口译笔译，现在在日本工作、定居。她翻译的明治诗人冈本加乃子的《教育丈夫的十四种方式》让人忍俊不禁，而日本画家上村松园女士的《京都昔日》则把我们引领到京都幽美寂静的井深小巷，领略京都人生活的点点滴滴。

张辉是山东人，大学毕业后留学日本，在关西外语专门学校专攻中日口译笔译。毕业后进入大东文化大学研究生院深造，2022 年 3 月获得硕士学位。他擅长中日法律翻译，在校期间就曾参与法律专著《北航法律评论》(中野次雄著)的翻译工作。他翻译的有岛武郎先生的《命运与人》内涵深邃，引人思考。

张闻是广西贺州人，大学毕业后留学日本，2015 年就读于关西大学，专攻汉语教育学，2017 年 3 月获得硕士学位。同年进入神户市外国语大学攻读博士学位，专攻现代汉语语法研究。她翻译的太宰治的《酒的追忆》和丰岛与志雄的《盛夏幻影》都是欣赏价值极高的作品。

赵呈琦是陕西人，大学毕业后留学日本，进入关西外语专门学校专攻中日口译笔译，在校期间曾多次参与商务、旅游翻译工作，毕业后从事中日贸易等工作，于

2019年取得名古屋商科大学商学院的MBA硕士学位。他曾作为小组负责人参与《法窗夜话》的翻译工作。他下笔灵巧，把科幻作家海野十三先生《空气男》中增子夫人的母老虎形象翻译得惟妙惟肖，栩栩如生。而宫泽贤治的作品《洞熊学校毕业的三人》则意义深刻，引人深思。

为了将这些美文介绍给中国读者，我和学生们都付出了极大努力。由于时间仓促，加上译者的水平有限，译文中难免会出现谬误与不当之处，欢迎各位老师、读者批评指正。

最后审稿时在解读古文诗歌方面得到了大东文化大学日本语学科日本古典文学专家藏中教授的支持和帮助，这次审稿还促成了一个新项目《宫泽贤治童话》多语言对译版日语读解系列教材的出版契机。

最后值此书付梓之际，对华中科技大学出版社编辑郭善珊女士的多年等待和鼓励表示由衷的感谢！

吉田庆子

2022年4月于大东文化大学研究室